九歌一〇六年童話選

2017

亞平——主編

童話選

之

海洋攪一攪湯

九歌年度童話選

106

年度童話獎

得主

陳素宜

作品

沒　鰭

九歌出版社

九歌106年度童話獎　得獎感言

◎陳素宜

我常常在想，自稱萬物之靈的人類，在萬物的眼裡，會是什麼模樣？天上飛的鳥類，應該會嫌棄我們沒有翅膀；地上跑的獸類，應該會嫌棄我們少了兩條腿；水裡頭的魚類和哺乳類，應該會嫌棄我們沒有鰭。他們會知道是這些沒翅膀又少了兩條腿又沒有鰭的怪東西，傷害了大家共有的地球嗎？

我常常經過美麗的七星潭到花蓮去。我看過清晨日出的七星潭，我看過滿天星星的七星潭，也看過強風之下，巨浪滔滔的七星潭，就是沒有看過傳說中，遠道而來的大翅鯨高興嬉戲悠游的七星潭。聽說那已經是很久以前的事了。

當上面兩個意念碰在一起，阿金小子的旅程就開始了。希望看過這個故事的人，都會是善良的沒鰭。希望喜愛看童話的人，在文學趣味之中，體會深刻的思想。希望大家依然抱著希望！

上一次在九歌的台上領獎，已經是二十幾年前的事情了，感謝九歌現代少兒文學獎鼓勵剛開始進入兒文創作的新人；這一次能夠再度領獎，感謝九歌年度童話選支持堅持兒文創作的寫作者。也要謝謝大主編和小主編的青睞，這個獎給我很大的鼓勵和支持。

106年 童話選 目錄

卷一 眼淚池子湯

卷二 海洋攪一攪湯

卷三 青蛙噗通一聲湯

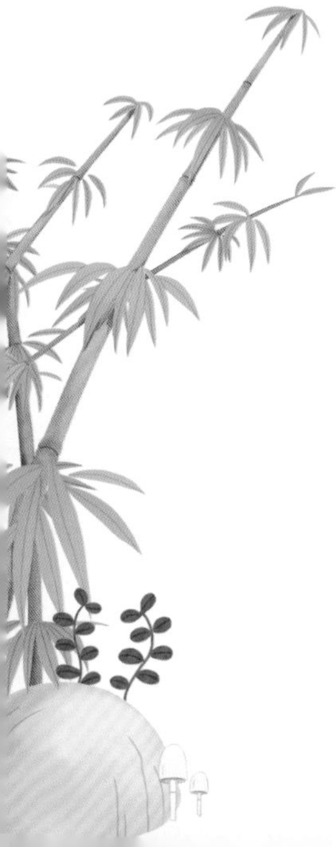

卷一

眼淚池子湯

一邊泡，一邊流眼淚。
不是因為熱氣逼人，是太感人了。

多了一種味道／任小霞

◎ 插畫／李月玲

作者簡介

作品散見《兒童文學》、《寶葫蘆》、《童話王國》等。曾獲二〇一一冰心兒童文學新作獎、二〇一三、二〇一五兩屆信誼圖畫書文字創作佳作獎，二〇一四台灣兒童文學牧笛獎、紫金山文學獎，二〇一四、二〇一六兩屆「大白鯨世界盃」幻想兒童文學獎等。

童話觀

童話裡有真實的人生，童話裡有真實的微笑和眼淚，童話裡有我熟悉和不熟悉的朋友們……我用童話表達我的生活，我用童話感恩我的生活，我用童話來和你們遇見。

狐狸太太最喜歡做糕點了，她想開一間糕點鋪，想了好久，都不知道應當給糕點鋪起個什麼樣的店名。

去問問森林鎮的居民吧。狐狸太太這麼想著，提著自己新做的一盒子糕點出門了。

沿著山坡，狐狸太太走到了一片竹林。一陣風吹過，如同在同一時刻吹響了各支竹哨，竹葉的清新之氣撲面而來。狐狸太太突然想到了什麼，放下糕點盒子，清洗了幾片竹葉，然後小心的把竹葉蓋在糕點上面。

「兔子小姐，你好。」走出的竹林的狐狸太太看到了兔子小姐，忙迎上去，打開糕點盒子，「我在想糕點鋪的名字，你有什麼想法嗎？」

扒開竹葉子，拿出一塊綠豆糕，兔子小姐仔細品嘗味道，沒太在意狐狸太太的話，她吃完了一整塊綠豆糕，認認真真的對狐狸太太說：「多了一種味道。」真的，兔子小姐竟然從綠豆糕中品嘗到了竹葉的清香，這可是以前沒有過的。

「多了一種味道？」狐狸太太重複了一下兔子小姐的話，點點頭，「有點兒意思。謝謝你，再見。」

「謝謝你才對。」兔子小姐對著往前走的狐狸太太說。

沿著草叢，狐狸太太走到了桂樹林。一陣風吹過，一陣桂花雨彷彿如約而至，紛紛揚揚落了狐狸太太滿臉滿身。狐狸太太突然又想到了什麼，打開糕點盒子，讓桂花灑落到糕點周圍，再

蓋好盒子。

「刺蝟太太，你好。」走出桂樹林時，狐狸太太遇到了刺蝟太太，走上前去，打開糕點盒子，「我在找糕點鋪的名字呢，你有主意嗎？」

從細碎的桂花瓣中挑出了一塊餡餅，刺蝟太太咬了一口，沒有聽清狐狸太太的話。她吃完一整塊餡餅後，鄭重其事的對狐狸太太說：「多了一種味道。」確實，刺蝟太太從餡餅中嘗到了桂花的香味兒，這可是以前沒有過的。

「多了一種味道？」狐狸太太忍不住又重複了一下刺蝟太太的話，「啊，竟然也這麼想。謝謝你，再見。」

「謝謝你才對。」刺蝟太太看著離開的狐狸太太微笑著說。

沿著小溪，狐狸太太走進了松樹林。「嗨，狐狸太太你好。」松樹上跳下金花鼠，她送給狐狸太太一大把剛剝好的松仁。狐狸太太忙打開糕點盒，把松仁灑在了糕點上。

「你也嘗塊糕點，」狐狸太太說，「順便想想糕點鋪的名字。」

從松仁下面挖出了一塊麵包，金花鼠品嘗起來，一邊吃一邊直點頭，吃完後，她對狐狸太太笑：「多了一種味道。」

「多了一種味道？」狐狸太太叫起來，「大家都這麼想？謝謝，再見。」

「謝謝你才對，再見。」金花鼠揮別狐狸太太。

……

在林子轉了一圈的狐狸太太可高興了，她沒想到大家想的店鋪名稱會是同一個，這都不用多考慮了，當然就是這個名稱了。

現在，狐狸太太覺得這個名稱可棒了，因為這個名稱讓她想到了確實可以做竹葉味道的綠豆糕、桂花餡餅、松仁麵包……以後，每一天都可以有一款新口味糕點。

「多了一種味道」糕點鋪開張的時候，森林鎮的夥伴們全來捧場了，他們誇狐狸太太的手藝更好了，更誇這個店名起得不錯。

「當然不錯了，是大家的主意。」狐狸太太笑得可歡了。

——原載二〇一七年十月十二日《國語日報・故事》

編委的話

徐弘軒

這個故事我覺得可以用「無心插柳柳成蔭」來形容，狐狸太太誤打誤撞，讓自己的糕點多了一種味道，後來「多了一種味道」也變成她的店名。

陳品禎

整篇文章用詞簡潔有力，令人讀起來很舒服，而且讀完後會有種溫馨的感覺。以「多了一種味道」來當糕餅店的名稱很有趣，而且那多出來的味道都是從大自然取得的，而不是人工色素的化學食品。原味，也有它獨特的清香啊！

蔡銘恩

這篇童話的字數比較少，但卻能很清楚的描寫出整個巧合和情節；更讓我喜歡的是，作者的故事裡只有四名角色，而每個情節只有兩個角色在對話。我認為多了一種味道是多了手藝精進的味道。

最幸福的聲音／嚴淑女

◎ 插畫／李月玲

作者簡介

喜歡孩子純真的心和繽紛的想像世界。在台東美麗的山海之間遊戲、創作。最大的願望是用故事，為孩子彩繪幸福的童年。目前已創作《鈔能戰士——數字 13 的祕密》、《拉拉的自然筆記》、《春神跳舞的森林》、《再見小樹林》等四十餘冊。

童話觀

童話是就像一場幻想的遊戲。作家用心聽見別人聽不見的聲音；看見別人看不見的東西；再用幻想的筆，將腦海裡的奇思妙想書寫出來，為小孩彩繪幸福的童年；為大人找回純真的年代，讓大家在幻想的遊樂場裡一起快樂的嬉遊。

深灰色蠟筆

小玫坐在山下活動中心外面的大菩提樹下，手裡拿著深灰色的蠟筆，在雪白的圖畫紙上塗了一遍又一遍，層層疊疊的灰，覆蓋了整張紙，她還不停的哼著她和爺爺、爸爸、媽媽、哥哥每天都會一起唱的歌。

灑滿金黃色陽光的菩提樹葉，隨著風，也嘩啦啦的跟著合唱。一片翠綠色的葉子隨著微風起舞，輕輕的飄了下來。

「喂！你在做什麼？」一個扭動的粉紅色水管突然出現在小玫的眼前，嚇了她一大跳。

「哦，原來是粉紅象啊。不要調皮了，快點下來，我正在畫圖呢。」粉紅象乖乖的從樹上滑下來。

「你在畫什麼啊？」粉紅象歪著頭看了老半天。

「明天就是我的生日了，爸爸、媽媽、哥哥和小精靈答應要給我一份特別的禮物。為了要給我一個驚喜，所以小精靈拉起厚厚的深灰色布簾，不讓我偷看。」小玫一邊說，一邊用力的塗，深灰色蠟筆都斷成好幾截了。

「那我們可以趁小精靈不注意的時候，掀開圖畫紙的一角，偷偷看一下啊！」粉紅象興奮的邊說、邊伸手要去掀圖畫紙。

「那可不行！」小玫緊緊的護住紙張，「生日禮物一定要等到生日那天才能看。否則魔法就會消失了。」她拿起一小截深灰色蠟筆，繼續更使勁的塗。

「不看就不看嘛，別生氣了。」粉紅象捲著長長的鼻子說。

「唉呀！差點忘了告訴你，昨天晚上不知道怎麼一回事，很多房子又扭又跳，結果通通都跌倒了。有的摔斷腿，有的身體撲倒在地上爬不起來了，你可以去看看他們嗎？」粉紅象拍著額頭說。

「這些房子真是不聽話，媽媽不是說過，站要有站相，不要像毛毛蟲扭來扭去的嗎？快帶我去看看。」小玫捲起圖畫紙，爬到粉紅象的背上，牠搧動大耳朵，慢慢飛回山上。

了。

灰灰的村落

整個山上的街道冷冷清清的，原本的熱鬧的村落好像被巫婆施了魔法，全都睡著了。

有的房子跌得可真不輕，只剩下灰褐色的碎塊，散落在街道上。山的綠色毛衣也破了好幾個大洞，露出土黃色的皮膚。小鬼湖才經過一個晚上，就變成大鬼湖了。

小玫和粉紅象降落在灰濛濛的街道上。奇怪的是，賣糖果的店不見了；學校不見了；就連平常玩躲貓貓的綠色隧道也消失了。整個村落靜悄悄的，只剩下平常被關在圖書館的書，從破掉的窗戶中鑽出來，在路上到處閒逛。

就在小玫和粉紅象忙著把一本本跑出來玩的書，放進推車要送回圖書館時，突然傳來呼！呼！呼！……的聲音，接著土黃色的山又開始張牙舞爪的跳舞了。馬路也跟著一扭一扭的，像隻行進中的黑白條紋毛毛蟲。

小玫和粉紅象站著的地方竟然裂了一個好大的洞，黑黑的，就像怪獸的大嘴巴，裡面不斷傳來砰！砰！砰！的聲音。

小玫趴在洞口旁邊，豎起耳朵仔細的聽：「那是什麼聲音啊？我們下去看看。」

粉紅象用大耳朵摀住臉說：「洞好黑，還有怪聲音！裡面一定有魔鬼，好恐怖哦！我們還是不要下去吧。」

「不用害怕，我可以保護你。」小玫拍著胸脯說。

「你不是最怕黑了嗎？每次都要抱著我，躲進爸爸媽媽的被窩裡。」粉紅象看著她，露出疑惑的眼神。

「我現在不能依賴別人了，要變得更勇敢才行。」小玫的眼神多了一份堅毅，跟以前很不一樣。

從小陪伴小玫的粉紅象，說：「好，我也要變成勇敢的大象。」他載著小玫，快速飛進漆黑的黑洞中。

紅色的地牛

黑洞裡面的空氣異常的火熱，一股焦躁不安的氣息瀰漫在整個地底下，並且不斷傳來砰！砰！砰！和呼嚕呼嚕的聲音。

小玫和粉紅象循著聲音一直飛到很深很深的地底下，竟然發現有好幾群紅色地牛層疊在一起，不斷的往上推擠，好像要搶什麼東西似的。有的地牛則是在底下焦慮的走來走去，全身因為生氣而變得通體火紅。鼻子不斷噴著氣，跺著腳，就跟西班牙的鬥牛一樣。

小玫和粉紅象嚇得躲在陰暗的角落，不敢出聲。

「他們為什麼會那麼生氣？到底在搶什麼東西呢？」粉紅象壓低聲音問。

小玫喃喃的說：「原來爺爺說地牛翻身的故事是真的，地底下真的住著很多地牛。地牛一生氣，地面就會有強烈的震動。」她轉頭看著粉紅象說：「我也很想知道他們為什麼這麼生氣，我們走過去問看看吧。」

「拜託！我們現在過去一定會被一腳踩扁，我就變成扁扁象了！」粉紅象也生氣了。

突然，有個東西從上面嗖一聲，飛快的滾下來。

「哇！痛死我了，哪個不長眼睛的東西，壓到我了，趕快把你的大屁股移開啦！」粉紅象痛得哇哇大叫。

原來壓到他的是一隻灰色的小地牛。小地牛慢慢的站起來，縮到另外一個角落，不停的哭泣。

小玫靠過去，輕輕的抱著小地牛說：「乖乖，不要哭！告訴我這裡發生什麼事了？」

小地牛淚眼汪汪的說：「我好不容易才擠到最上面，但是接收器卻被下面那個大個子搶走了。以前大家都會排隊，從來不會發生這種事啊！」

「什麼接收器？」粉紅象揉揉紅腫的屁股，也湊過來問。

「就是可以繞在耳朵上，聽好聽的故事、聽風的聲音、玩猜謎遊戲的那種東西啊！」小地牛理直氣壯的說。

小玫和粉紅象還是聽得一頭霧水。

「唉呀，我只知道繞上不同的樹根，就可以收聽到不同的節目，還有好聽的故事。其他的事情你們去問我爺爺好了，他可是個萬事通呢。」小地牛驕傲的說。

小玫和粉紅象順著小地牛指的方向望去，他們看見一隻全身長滿白毛的老地牛，氣喘吁吁的來回跑著，在那些紅色地牛前面，不斷的揮舞藍色的旗子，啞著聲音喊著：「不要推擠！大家要排隊啊，大家都可以聽得到，不要踩到孩子啊。」

老地牛的聲音淹沒在巨大的震動聲、混亂的叫罵聲和孩子的哭鬧聲中。他垂下頭，無力的站著。

「爺爺，爺爺，他們竟然不知道聽故事的接收器是什麼，你趕快告訴他們。」小地牛把小玫和粉紅象拉到老地牛的面前。

老地牛努力的睜著那雙因年老而混濁的青白眼，怔怔的望著小玫。

「啊，你是地面上的孩子。上次見到地面上的孩子，那是好久好久以前的事呢。不過，我記得可清楚了，那是很珍貴的記憶呢！」老地牛露出幸福的微笑。

「地牛爺爺，您為什麼會到地上呢？」小玫好奇的問。

老地牛瞇著眼睛說：「每隻地牛滿十六歲的那一天，可以經過一個特別的通道，獲准到地面上一次，很珍貴的一次。我十六歲時，終於看到蒲公英說的藍色天空、玫瑰花瓣上的露珠，感覺到溫暖的陽光和溫柔清爽的風。我還遇見一個頑皮的小男孩，我和他一起在草原上賽跑，我們分享很多地上地下的故事呢。那真是一次美妙的經驗。唉！不過，現在一切都改變了。」

「是變了。房子通通跌倒了，山也發瘋似的跳舞，地面裂了無數的大洞；我們飛進這個黑漆漆的地洞，又遇上一群互相推擠的紅色地牛，真搞不懂究竟怎麼一回事！」粉紅象氣呼呼的說。

老地牛深深的嘆了一口氣，說：「這也不能全怪我們。你們往上看看。」

小玫看到站在最頂端的地牛，耳朵上都繞著不同的樹根，一副陶醉的樣子，有的還邊聽、邊手舞足蹈呢。奇怪的是，每一隻渾身通紅的地牛，只要從頂端晃悠地走下來之後，全身就會變得水藍透明，躺在地上睡得像嬰兒一般香甜，臉上露出世界上最幸福的表情，還會吹著呼嚕呼嚕的泡泡呢。

「他們耳朵上繞了什麼啊？」小玫好奇的問。

「就是我最愛的故事機啦！」小地牛興奮的搶著說。

老地牛摸著小地牛的頭，微笑的說：「那些樹根就是大自然廣播電台的接收器。只要將不同花草樹木的根繞在耳朵上，就可以聽到不同的節目。每天收聽廣播後，舒服的睡覺是我們地牛最快樂的事。」

「誰來主持那些節目呢？」粉紅象覺得很奇怪。

「所有大自然的花草樹木都是主持人啊。他們用像銀鈴般溫柔的聲音和大自然演奏的音樂，告訴我們四季的變換。讓我們聽見充滿陽光活力的向日葵種子，啵！啵！啵，玩著高空彈跳的聲音；偶爾還可以聞到紫色薰衣草淡淡的花香。」老地牛仰起頭，瞇著四周佈滿皺紋的雙眼，深深的吸口氣，想尋找記憶中的味道。

「我生活在地面上那麼久，但從來沒有注意過有這些聲音和味道啊？」粉紅象學老地牛的動作，也很努力的吸了一口氣。

老地牛笑著說：「因為長期住在地下，地牛的視力沒那麼好，所以我們就很用心的聽。只要用心，就會聽見別人聽不見的聲音。」

「真的嗎？那只要用心，也可以聽見思念的人的聲音嗎？」小玫若有所思的問。

「當然可以了！」老地牛摸摸小玫的頭說，「因為我最思念的人，已經住在我的心裡。只要我用心聆聽，就能聽見。」

他接著說：「我最想念蒲公英這個從小認識的朋友。喜歡旅行的他，總是會在節目中告訴我們許多奇妙的經歷。春天，他陪著漫天飛舞的櫻花跳舞，和兔子比賽跳遠；夏天，飄浮在藍色果凍海中啜飲著彩虹可樂、停在鯨魚的背上玩噴泉。秋天的明月、冬天的飛雪、星星的演奏會、瓢蟲在樹葉上跳踢踏舞的聲音……。他總是能讓我們感受到大自然的美。」老地牛手舞足蹈的說，紅通通的臉頰就像嬰兒的蘋果臉。

「對對對！他是最棒的故事演奏家。而且還接受點播呢。我上次透過馬鞍藤，聽到海邊兩隻招潮蟹的對話，知道大海交響樂團和黑面琵鷺要在曾文溪口表演星空之舞時，我希望蒲公英能分享他看到黑面舞者的曼妙舞姿。想不到蒲公英還做了現場連線採訪，黑面琵鷺還說如果有機會，他們願意到地底做巡迴舞蹈表演呢。」小地牛也興奮的邊跳邊說。

老地牛補充說：「花草樹木的根還有另一個作用，就是幫助睡眠。當樹根輕柔的拂過地牛的肚皮，那種癢癢的感覺，讓我們睡得舒服極了。」

「爺爺曾經告訴我只要地牛舒服的睡覺，不要生氣，讓他們可以從祕密通道出來透透氣，地面上的震動就不會那麼強了，是嗎？」小玫問。

「是啊。以前這座美麗的島嶼布滿花草樹木的根，現在卻越來越少了，使得很多節目都收訊不清或是只有刺耳的噪音，這讓所有的地牛心情很惡劣。」

老地牛嘆了一口氣，繼續說：「再加上堅硬、阻斷土地呼吸的水泥和房子，覆蓋好多地方，也封閉了地牛可以到地面的祕密通道，我們已經忍耐很久，都無法上去透氣，十六歲的儀式也被迫取消了。加上最近地下火車和捷運轟隆隆的來回奔跑，更吵得我們神經衰弱，睡不著，脾氣越來越暴躁。所以大家拚命擠到有樹根的地方，想要聽讓心情穩定的節目。因為太擠了、太亂了，山就被牛角頂得到處亂跳，房子就被不停的衝撞、搖晃，全都跌得粉碎。」老地牛對這種改變也覺得很無奈。

「那該怎麼辦呢？你們不好好睡覺，地面上就沒有平靜日子過了。」粉紅象一緊張就不停的扭動鼻子。

「我們也沒辦法啊。」老地牛垂頭喪氣的說。

這時候，從小玫那捲圖畫紙中，飄下一片菩提葉。裡面走出一長排發著綠色光芒的葉子精靈。

站在最前面的葉子精靈說：「我們有好辦法，現在只要打通通往地面的祕密通道，讓地牛們恢復十六歲成年，才能上去地面一次的規定，再讓原來的地方長滿花草樹木就可以了。」

「萬歲！萬歲！再過十年我就可以上去了。」小地牛拉著爺爺快樂的轉圈圈。

小玫驚訝的將說話的葉子精靈捧在手心中，輕聲的問：「我們該怎麼做呢？」

葉子精靈交給小玫一袋種子，說：「只要將所有花草樹木的種子，灑滿整座島嶼就行了，大家都會來幫忙的。」

葉子精靈跳到粉紅象的鼻子上，說：「看你的了。」

地牛爺爺拿出一張古老地圖，交給小玫：「請你幫忙找到通道，打通它，拜託了。」

小玫慎重的點點頭，粉紅象精神一振，立刻搧動大大的耳朵，載著小玫和葉子精靈們往地面飛去。

一飛出地面，小玫看到好多好多的動物不停的把土翻鬆，地下的土撥鼠也來幫忙。小玫和粉紅象根據地牛爺爺的地圖找到祕密通道，敲開覆蓋在那附近的水泥，讓土地自由的呼吸，小玫在四周播下小精靈給的種子。

看到一大群動物不停的蒐集各式各樣的種子，小鳥不停的將種子運到各個地方；蒲公英的孩子滿天飛舞，飄落在好多地方，準備新的廣播節目基地，蒐集更多的故事。看到大家這麼賣力，小玫也要加油了！

粉紅象載著小玫飛向天空，將希望的種子灑向大地。看著一顆顆的種子在空中翻滾、彈跳，終於投入泥土柔軟、溫暖的懷抱時，小玫心中有了奇妙的感覺。

最幸福的聲音

一直到銀色的月光灑滿大地，粉紅象載著小玫回到睡滿大人和小孩的活動中心，小玫鑽進睡袋裡，抱著小精靈給她的生日禮物，心靈滿滿的喜悅，讓她安靜的等待著。

當清晨的第一道曙光射向這座島嶼時，全部的種子，一起發芽了！啵！啵！啵，的聲音，讓所有的地牛停下一切的動作，仰著頭，聆聽那全世界最美妙的樂音。大地一片寂靜，所有的炎熱、焦躁不安，也都慢慢的沉澱下來，只聽到聲聲的讚嘆：「福爾摩莎！」

窩在溫暖被窩中的小玫也聽到了，因為小精靈送她綠葉中用芳香泥土包裹著的綠種子也快速發芽了。她將細嫩的樹根捲繞在她的耳朵旁，在她生日的這一天，她聽到了她所思念的每一個家人的聲音、她和家人一起在山上度過的美好記憶，隨著聲音，一幕幕的浮現在她眼前。

小玫終於知道，地牛爺爺說得對，即使家人已經不在身邊，這些美好的記憶會永遠住在她心裡。小玫用心聽著世界上最幸福的聲音，終於微笑的睡著了。

明天，一定會是陽光燦爛的一天。

——原載二〇一七年二月《未來少年》第七十四期

編委的話

徐弘軒：

人們為了自己的福利，根本沒有想到其他生物的感受，就直接開發他們的家園，雖然得到福利的是我們，但是卻也造成許多災難。因此，我覺得大家真的應該要好好保護我們的環境啊！

陳品禎：

文章中有股神祕、寧靜的感覺。那隻粉紅象在故事中是個會令人發笑的角色。作者將地震寫成跳舞，如此一來沒了可怕的感覺，反倒有童言童語微微的幽默感。地牛爺爺所說的話是整篇文章中的重點，雖然在談生態保育，但並沒有給人指責的味道。

蔡銘恩：

小時候地震時，常聽爸媽說：「不好，地牛翻身了。」作者改編傳統的故事配合環境保護的概念，反應環保的重要性。

哲學家 ／子　魚

◎ 插畫／劉彤渲

作者簡介

一個愛打籃球，愛跑步的人。

寫童話故事，是因為總覺得有跳動的想法，得寫出來。

海峽兒童閱讀研究中心首席閱讀推廣人。創作之外，研究閱讀、寫作、說故事。

童話觀

童話如春風，吹到哪裡，哪裡就溫暖。童話的書寫應該要很哲學吧！

森林有一條小路，小路上有一座小涼亭，提供來往的路人休息。天神悠哉悠哉在森林散步，他是慈祥的老人，穿著白色的袍子，留著白色的長鬍鬚，臉上堆滿笑容。

小鳥停在他的肩膀上，兔子、小鹿、松鼠在他身邊跑來跑去。天神走累了，看見小涼亭，走進去休息。一陣雨飄過來，小動物紛紛回家去。天神握著魔法杖坐在椅子上，等待這場雨過去。

一隻蜘蛛在屋簷結網。雨水打在蛛網，蛛網都打壞了。有幾次，蜘蛛還從屋簷滑下來，再慢慢的爬上去。當他再次結網時，無情的雨總是將他的蛛網打壞，他又掉下來，一次又一次。

蜘蛛看見天神，無奈的對他發牢騷：「天神啊！你是至高無上的。看看我這醜陋的小東西，黑乎乎的，八隻腳，兩隻獠牙，身上長滿細毛，嘴裡吐著絲，躲在陰暗的角落裡生活，不敢抬頭見陽光。你看我這蜘蛛生命還有什麼意義！」蜘蛛搖搖頭，嘆口氣。

「你覺得你很沒用嗎？」

「對呀！連結個網，捕隻蟲子吃都要被雨阻撓。瞧這雨已經打壞我好幾次網了。我生命太卑微了，才會連雨都要來欺負我。」

「是嗎？」天神笑呵呵的說：「在我看來，你可了不起！」

「別亂開玩笑！天神，我只不過是一隻靠網捕蟲，非常不起眼的蜘蛛，小孩子都能輕而易舉踩死我，我怎會了不起？」

「是嗎？」

「怎會不是？」

「但我看你卻是一位哲學家？」天神很肯定的說。

「你又開玩笑了！我怎麼會是哲學家。」

「你是哲學家，只是你自己不知道而已。」

蜘蛛被天神這麼一說，糊塗了。他想不出自己能幹什麼？竟然被天神封為「哲學家」。

天神看出蜘蛛的疑惑，說：「你等著瞧吧！你只要答應我一件事，就是繼續工作。」

「哦！好啊！織網，那可是我最神聖的工作。」

蜘蛛與天神在小涼亭裡。天神繼續休息，欣賞雨絲飄落在蛛網上；蜘蛛繼續工作，又幾次被打落下來。

來了一個年輕人，躲進小涼亭裡，他把身上的雨衣脫下來，抖掉水珠，坐在石凳上休息一會兒。他看見天神，非常訝異！

「你，你是天神！哇！哇！」年輕人像看到偶像似的驚呼。

「是的！我是天神！」天神輕輕的回答。

「太好了！天神，我有讓我迷惑的問題，請你告訴我該怎麼解決？」

「好啊！你說。」

年輕人開始講他遇到的事情，天神很有耐心的聽。

「請你告訴我該怎麼辦？」

天神沒有講話，只是拿魔法杖指一指屋簷的蛛網。年輕人沿著魔法杖的方向看見蜘蛛剛好掉下來，然後順著蛛絲爬上屋簷，他重新編織壞掉的蛛網。沒多久網子被雨打壞，他又掉下來，再爬上去，重新織網。

年輕人看了一會兒，似乎明白了，說：「這蜘蛛真是笨啊！這一邊的屋簷迎著風雨，每編一次網，就被打壞一次。唉！換一邊的屋簷結網不就沒事了。我可不能像他一樣愚蠢啊！」

「呵呵！你明白了！」天神開口說話。「你遇到的問題，其實你可以用聰明的方法解決。」

「對啊！我明白了！」他若有所悟。「我要走了，謝謝你，我知道怎麼做了！」年輕人起身，趕緊穿好雨衣走進小路，消失在森林裡。

過了不久，一個中年人走進小涼亭。他把傘上的水珠抖掉，再收好傘，坐在天神旁邊。可能有點冷，他搓搓手掌取暖。

中年人看見天神，天神跟他點個頭，他也朝天神勉強點一下。他的神情落寞，心情很不好。

「怎麼了？看你心事重重的。」天神開口問他。

「唉！你不會懂的，說了也沒用。」

「哦！是嗎？你不妨說說，說出來了，也許你的心情會變好。」

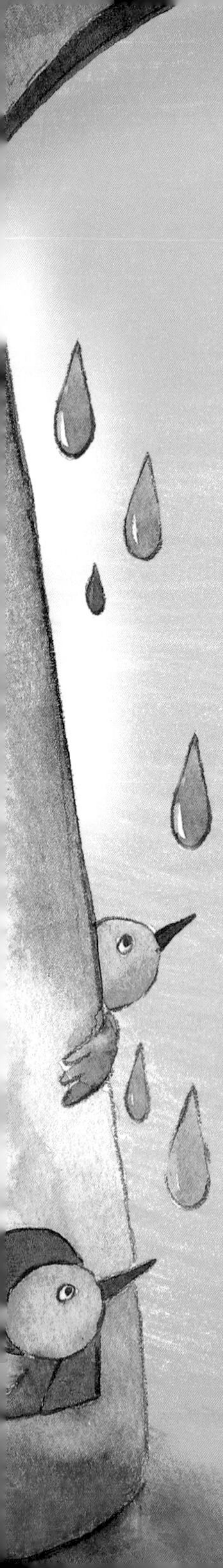

「不可能！」中年人看一眼天神，苦笑著說。「我的事業失敗了，哼哼！說了心情不可能好的。」

「啊！你，你，你是天神。」中年人認出天神，眼睛亮起來，說：「你一定有辦法，求求你，助我度過難關。」

「哦！好啊！把你遇到的困境說出來吧！」

「嗯！」中年人開始講他的遭遇。失敗讓他喪失信心，不知道該怎麼辦。他請求天神幫幫忙。

天神沒有說話，舉起魔法杖，指向屋簷的蜘蛛網。中年人沿著魔法杖看向屋簷。那隻蜘蛛才剛編好網，瞬間打進來的風雨將他的網子打壞了。

蜘蛛掉下來。他順著自己吐出的絲爬回屋簷。蜘蛛看著殘破的網並沒有憂愁，依然繼續編織，快要織出蛛網時，風雨又將網子打壞，蜘蛛掉下來，他又得從頭做起。

中年人看得入神，直到蜘蛛將網編織完成。這時雨停了，風停了。幾顆雨珠掛在蜘蛛網上，格外晶瑩剔透。蜘蛛守在網子正中央，等待蟲子跌進蛛網中。

「啊！我懂了！」中年人叫出來。「蜘蛛結網，風雨把它給弄壞，但他從頭再來，不怕失敗。」

一隻蟲子掉進蛛網陷阱，蜘蛛立刻衝過去用絲將獵物團團包住。

「我如果像這隻蜘蛛一樣，我又有什麼好怕的呢！從頭再來一定會成功。」

「呵呵！你看明白了！」天神說。

「明白了！天神！謝謝你，我知道怎麼做了。」中年人得到啟示，充滿信心，說：「你真靈，你已經安慰我的心了。」

他走進充滿霧氣的森林裡，開心的哼著歌。

「你看你多麼重要。你已經影響了兩個人。」天神對屋簷上的蜘蛛說。

「可是，我什麼話都沒有說啊！」蜘蛛看著天神。「我只不過一而再，再而三織著被風雨弄破的網子。」

「那就對了！」天神笑一笑回答。「所以，我才會說，你是一位哲學家。」

又一隻蟲子誤觸蛛網。蜘蛛感應網子在振動，說：「天神，我先忙，等一會兒再聊。」他趕緊衝過去，從口中吐出絲，把獵物團團包起來。

——原載二〇一七年二月十四～十五日《國語日報・故事》

編委的話

● **徐弘軒**

我覺得如果自己覺得自己沒用，沒有認清自己，這樣很可惜。一個能認識自我，盡自己本分的人，一定會對這個世界有貢獻的。

● **陳品禎**

我覺得作者將蜘蛛的心情描寫得淋漓盡致，讓人感同身受。每個人一定偶爾也會有像蜘蛛一樣的感覺，而這時不妨像蜘蛛一樣找個人談談、肯定自己。這篇文章給人寧靜，卻也親切的氣息。

● **蔡銘恩**

一隻蜘蛛的織網過程，不同的人看，意思也不同，這篇故事不但內容有趣之外，更是教我們生活中的道理。

河童先生 ／鏦九九

◎ 插畫／劉彤渲

作者簡介

各台美食節目的忠實粉絲，腰上永遠有著一圈肥肉。

平常喜歡牽著小狗四處散步，有時也到海邊眺望遠方。

沒有受過任何專業的寫作訓練，開始動筆後，發現書寫童話表面看起來簡單，但實際卻是門技術活。

童話觀

童話表面上雖是給小朋友看的，但大人或許才是最需要的族群。

悲傷的事可以在童話中得到化解，治癒心中的傷口。

快樂的事透過奇幻的濾鏡後，比夢還精彩。

嘿，你相信淡水河裡頭住著河童嗎？偷偷告訴你，我相信。

遇見河童先生那一年，我只有六歲。媽媽剛生了小弟弟，我則從被捧在掌心的獨生女變成了連狗都懶得理一下的姊姊。

爸媽永遠圍在嬰兒床邊照看弟弟，我覷著他那張粉紅軟嫩的小臉蛋，突然覺得有些討厭。

原本一直瞇著眼笑的弟弟，不知為何哇哇大哭起來，媽媽把他抱起來惜惜，一邊要爸爸快去泡奶粉。

「我也餓了。」我咬著拇指說，可是卻沒有人聽見。

所以我決定要離家出走。

我在背包裡放了一隻有著鈕扣眼的小熊布偶，還有一點點零錢。這些就是我所有的財產。

沒人發現我已經離開家裡，當我走在街上時，多麼希望他們可以從公寓大門衝出來，牽著我的手回家。

不過，事實上當然沒有。我站在捷運站門口，手心捏著的銅板被我汗得溼溼的。我不曉得要去哪裡，便偷偷尾隨在一對夫妻後面。十分鐘後，我坐在通往淡水的捷運上。

淡水的空氣聞起來鹹鹹濃濃的，對我而言是極陌生的味道，但我並不討厭。遊客們笑容滿面的與身後的淡水河合照，手上拿著五顏六色的霜淇淋，我嚥了嚥口水，覺得該買些能填飽肚子的食物。

最後我走進便利商店買了一盒涼麵。

一屁股在水泥砌成的堤防邊坐下來，旁邊有一棵遮蔭的大榕樹，許多人都愛在這處榕堤乘涼，在淡水也算是熱門景點。

橘黃得像是鹹鴨蛋的夕陽緩緩落下，我把涼麵的包裝打開，小口珍惜的吃著。

誰知道過了這頓飯，還有沒有下一餐？

此時，突有隻手伸入裝著涼麵的塑膠盒內，一名怪叔叔蹲在我身邊，嘴裡嚼著從我這兒竊走的小黃瓜絲。

「小妹妹，你叫什麼名字啊？」怪叔叔的聲音似烏鳴，嘴巴扁尖，身後馱著一個大背包，嬉皮笑臉的向我搭話。

大人們總要我別和陌生人說話，但我現在偏不想聽他們的話。

「阿寶。」我說，「叔叔你叫什麼名字？」

「或許你可以叫我『河童』先生。」他將聲音壓得極低，彷彿怕別人聽見似的。

「『河童』先生？」我歪著頭看他，覺得這個名字好奇怪啊。

他用小如黃豆的眼睛看著我，解釋「河童」是他們這個妖族的名稱，因為台灣只有他一位，乾脆就把這個名字直接拿來用了。

我也小聲的向他確認，「所以叔叔你……你是妖怪喔？」

妖怪耶！真是酷斃了！

「對啊，你會不會怕我會吃人啊？」河童先生伸手把盒子裡最後的小黃瓜給拈起來。

我搖搖頭，電視上和故事書裡頭都說，妖怪也有分好壞，若河童先生有心要吃

阿給 45
魚丸湯 40
小黃瓜 10

我，我哪還能在這裡說話。

「我不吃人的，只喜歡吃小黃瓜和魚肉。」河童先生唇角上揚，「對了，你的爸爸媽媽呢？」

「他們不要我了，所以這裡只有我一個人……」他的問題讓我心酸酸的想哭，哽噎道：「還有，我肚子餓得要命，你還一直偷吃我的小黃瓜絲。」

河童先生伸手拍了下我的頭，「唉唷……小鬼頭就是麻煩，沒吃飽就要哭。」

在眼淚落下前，他把我帶到附近的小吃攤子，點了碗熱湯給我，說是賠罪。

冒著白煙的魚丸湯溫暖鮮熱，我忍不住狼吞虎嚥起來，河童先生看著我的吃相輕笑出聲，再向老闆多要了一份阿給，跟我說：「沒吃飽的話可以再點。」

我咬了一口阿給，覺得眼前的河童先生應該不是壞人，便說：「河童先生，要不然我和你一起當河童好了！」

「聰明的小鬼頭離家出走，現在想找人收留是唄？」河童先生抽了張衛生紙，幫我把臉頰沾到的阿給醬料抹去，一改笑臉，嚴肅道：「要當河童可不容易喔，不要以為比當人類輕鬆。」

我鬧著脾氣，「我就是要當！」

河童先生不說話了，黃豆眼往上翻，大概是在後悔自己為什麼要來找我攀談吧。

吃飽後，河童先生把我帶到警察局門口，要我自己進去，請警察叔叔帶我回家。

我拉著河童先生的衣角，死不進去，他只能蹲下來問我究竟要怎麼樣，他可沒有時間和我乾耗在這裡。

我斬釘截鐵的說，「剛剛就講過了，我要和你一起當河童。」

「任性的小鬼頭，你真的想當河童嗎？」河童先生嘆了口氣，揉揉太陽穴，做了一個頭疼的表情。

我用力點頭。

河童先生蹲了下來，對我輕輕搖頭，要我重新考慮十分鐘。

十分鐘後我點頭的力道依然是一樣的，並且半吼著說道：「反正家裡已經有小弟弟！沒人會來找我！就算我變成河童，也沒人會在意！」

河童先生不再強迫我進警察局，而是牽著我走到淡水河的出海口。

這時太陽已經完全下山了，海水黑得像墨魚汁，一陣海風呼嘯而過，聽在耳裡像是怪獸在鳴叫。

河童先生取出一粒硬糖，小小的糖果外表生得和河童先生有幾分像，聞起來腥腥的好像魚肝油，是全天下小朋友都討厭的味道。

要把它吞進肚子裡，的確需要一點勇氣。

他說這糖果能讓我變成河童，看我一臉猶豫，便說：「如果不敢吃，我現在送你坐車回家吧。」

「誰說我不敢！」我死鴨子嘴硬，捏著鼻子將硬糖吞了。

從現在開始，我不是人類，而是河童了。

同時我發現，原來河童先生身後背著的並不是包包，而是一只大大的龜殼，指縫間則有一層薄薄的蹼，就像鴨子一樣。

吃下河童糖的我會變得和河童先生一樣嗎？

心中不禁冒出疑問，但事實上，我的身體並沒有出現任何變化。

「要成年的河童才會長出蹼和龜殼，」河童先生好像知我所想，「不過我可以用防水筆在你的衣服上畫一個龜殼，這樣會比較有當河童的感覺。」

「不用了，謝謝。」我一點也不想要在背後畫龜殼，但想到長大後我的背上會長出一個真正的龜殼，那……好像有點可怕耶。

還好我距離長大還要很久很久。當我這麼想時，河童先生帶著我走進海裡。大概是吃了河童糖的關係，我在水裡竟沒有任何嗆鼻的感覺，身體沉浮自如，一切都非常新鮮有趣。

河童先生要我跳到他的背上休息，在到家前可以小睡會。

我依著他的指示，靜靜趴伏在他的龜殼上，覺得觸感好硬，並不是一個好睡覺的地方。

我抱怨幾聲，朦朧中聽見河童先生恐嚇道：「臭小鬼若有這麼多意見，小心我把你甩下去。」

話雖這麼說，但他的聲音是輕快愉悅的，且一直穩穩的背著我。

「這裡是我家，以後也是你家了。」不知過了多久，河童先生才把我喚醒。

揉揉眼，我從龜殼上滑下，看著河童先生推開眼前的木門。

原來河童先生住在一個極大的龜殼裡，簡單乾淨，天花板上垂吊著一顆極大的夜明珠，淡淡的散發出暖光。

客廳則有幾件漂流木拼合而成的家具，床鋪是用海草紮成的，充滿彈性，我常和他一起在床上玩誰跳得高的遊戲。

我很快就適應了這裡。

河童幫我做了一張新床，床頭綴滿了好多亮粉色的貝殼。

我忍不住跳到床上，口裡驚嘆：「好像公主一樣喔！」

河童先生哈哈大笑起來，不知從哪拿出一支防水筆，完全無視我的抗議，在我的衣服背後畫了一個綠色的龜殼。

偷偷和你們說，真的好醜，但河童先生說這是河童公主的徽記。

之後，河童先生用撿來的廢棄漁網編了一個龜殼，把它像衣服一樣套在我的鈕扣眼小熊身上。他說這樣才有河童一家的感覺。

河童先生有時會要我與他一起去撿淡水河上漂流的寶特瓶，並將它們串起來，拿去賣給回收廠換錢。畢竟在這現代社會，有很多東西得用錢才買得到。

他說，在河童的世界裡，就算是小河童也要幫著大人工作，只有人類的小孩子才會一直依賴著大人。

河童先生對我很好，我和他撿完寶特瓶後，他便會帶我四處逛逛，有時是去市場買小黃瓜，若是時間寬裕，他會騎著腳踏車帶我去漁人碼頭看夕陽，坐渡輪到八里買炸雙胞胎。

與河童先生生活的每一天，都是辛苦、快樂且美好的一天。

我也不是那個凡事都要依賴別人的小孩了。

河童先生教會我煎魚和煮海貝湯，吃剩下的海貝殼也不浪費，他教我用釣魚線把它們串在一起，每當有風吹過，清脆的噹噹聲很是迷人。

我問河童先生，他怎麼會這麼多好玩的東西啊？

他嘆了口氣道：「河童的生命是很漫長的，做這些事能讓日子不那麼無聊。」

「是嗎，可是我覺得和河童先生在一起，時間變得好短喔，一點也不無聊。」我看著夕陽，大口咬著雙胞胎，不知為何，突然很想家。

我想念爸爸媽媽，和那個成天哇哇大哭的小弟弟，好想親手煎魚給爸媽吃吃看，再用殼串成風鈴玩具哄小弟弟開心。

河童先生教給我的一切，我都想要與他們分享。
但我已經不是家裡的阿寶了，我現在是小河童阿寶。
不想讓河童先生發現我想家的事，我慢慢的將頭往下垂，他輕輕拍著我的後背，說今天早一點回家吧。
往後的日子雖然如常，但心裡好像多了什麼東西，重重沉沉，讓人難受的感覺。
「阿寶，我們一起生活多久了？」河童先生撿了一堆石頭，教我打水漂。這次他不叫我「小鬼頭」了。
我掰著手指算數，「七十天。」
河童先生嘻嘻笑道：「若有一天你回去以前的家，會不會想我啊？」
我直覺的回答，「一定會的呀！」不知道為什麼，覺得河童先生今天的眼神怪怪的。
「那就好……那就好……」
他突然轉過頭，不再看我一眼，像要掩飾什麼，右手一揚，把手上的石頭給打出去。

石頭跳了好多下，無論濺起的水花多麼大，但最後還是歸於平靜，沉入了水裡，什麼痕跡都不留，就像從沒發生過。

吃過晚飯，他帶我去第一天相遇的榕堤，並給我一枚小小的糖果，說這是他新研發的口味，要我幫他試試。

這枚糖果的形狀像個小女孩，口感軟綿，香甜得像水果汁。

不知道為什麼，這糖果吃了讓人有些想睡。河童先生讓我靠在他的臂彎裡，輕輕的哄，慢慢的唱著歌，他的歌聲聽起來好悲傷。

我能感覺他的心正在一點一點往下沉。

「河童先生……你唱歌好難聽喔。」我想逗他笑，卻不曉得要用什麼方式比較好。

河童先生是因為什麼事情在難過呢？

「臭小鬼頭！」他說話的同時，我感覺到有什麼東西落到臉上，溼溼鹹鹹的，比海水的味道還濃。

他說等我醒來，有個驚喜要送我。迷糊中聽見有人喚我的名字。

「阿寶！」這是媽媽的聲音。

「阿寶！」這是爸爸的聲音。

我從睡夢中驚醒，爸媽緊緊把我摟在懷裡，說我失蹤了七個小時，差點嚇壞了他們，一路拿著照片問人才找到我，差點就報警了。

我手上還緊捏著糖果紙，四處張望著，問：「河童先生呢？」

爸媽當然不曉得什麼河童先生，只當我睡懵了，問我什麼時候在背上畫了一個奇怪的龜殼。

回到家，我把背包裡的東西全倒了出來，鈕扣眼小熊身上的魚網龜殼裡被人塞了張小紙條，歪扭的寫著：「小鬼頭要好好長大唷！你已經不會長出龜殼和蹼啦！」

與河童先生一起生活的日子就像作夢，卻深刻的烙印在我的腦海裡。

長大後，我時常到淡水吃魚丸湯，騎腳踏車到漁人碼頭看夕陽，再坐渡輪到八里吃炸雙胞胎。

不知什麼時候，八里竟出現了一尊河童塑像，它半蹲著像是在撿拾什麼東西，有點中年發福的身材，看起來很是滑稽。

我含笑自語，「河童先生，其實你唱歌很好聽的，不過……記得減肥啊。」

無論如何，我會一直想你的，河童先生。

——原載二〇一六年八月《未來少年》第八十期

編委的話

徐弘軒

這篇故事虛虛實實，離家出走的小女孩去了河童先生的家，就好像做了一場夢。我覺得小女孩這趟旅行是值得的，因為這樣她才能體會到父母對她的愛，才會更珍惜她的家人。

陳品禎

河童是妖怪，但作者卻讓這隻妖怪不會太恐怖，顛覆了大家都覺得「妖怪等於恐怖」的想法。最後河童先生讓小寶回家了，但是她卻只有離開七小時？小寶原本把它當一場夢，可是她又看見了雕像，這件事是真的有過？

蔡銘恩

作者文筆巧妙，把童話裡的河童先生寫得栩栩如生，她設計出「七十天」還是「七小時」故事情節，我覺得很棒。

卷二

海洋攪一攪湯

整個海洋就是你的湯池，
所以，大翅鯨游來時，請讓讓。

沒鰭 ／陳素宜

◎ 插畫／劉彤渲

作者簡介

台灣新竹人，台東大學兒童文學研究所畢業。作品涵蓋少兒小說、童話和兒童散文等文類。曾獲九歌現代少兒文學獎、國語日報兒童文學牧笛獎、陳國政兒童文學獎散文首獎、海峽兩岸中篇少年小說徵文一等獎等獎項。已出版五十餘冊童書，多次獲得好書大家讀推薦之年度好書獎。以《柿子色的街燈》獲得金鼎獎。

童話觀

希望能寫出有兒童趣味的、有文學趣味的、依然帶著希望的童話，讓讀者看了能夠回味，能夠延伸思考。

冬末春初的一個晚上，圓圓的月亮高掛在天空中。銀色的月光，灑在七星潭的海面上，閃閃爍爍的光點，像是天上的星星，全都到海裡來玩耍了。

七星潭其實並不是一個潭，而是個漂亮的海灣。在美麗島東部，中央偏北一點點的地方，有一道完美的弧線，劃過鋪滿大大小小鵝卵石的礫灘，藍色的海水推著白色的浪花，年復一年，上上下下，年復一年，下下上上，終於形成了北半球大翅鯨歷史中，最最神祕的海灘。在阿拉斯加和琉球群島之間洄游的大翅鯨家族，都聽過那個讓他們十分嚮往的傳說。大翅鯨老爹嬤嬤告訴大翅鯨爸爸媽媽，大翅鯨爸爸媽媽再告訴大翅鯨男孩女孩，如果在七星潭吃下七顆星星，掌管大翅鯨命運的大海神，就會讓你實現一個願望。

「哇！這裡就是傳說中的七星潭嗎？海面上全都是一閃一閃的星星呀！大翅老爹，花鰭嬤嬤，我們趕快去吃星星，去吃七顆星星啊！」

阿金小子看見海面上星光閃閃，興奮的回頭大叫之後，轉身全速向前游去，大尾巴用力一甩，衝出水面，將近十公尺長，三十公噸重的巨大身軀，靈活的彈入空中之後，墜落海面，撞擊出幾十公尺高的水花！這是阿金在高興得不得了的時候，最喜歡做的事情，他把這一連串的動作叫做：咻起碰碰嘩啦啦。

「不……不……不要跳呀！別說是星星了，就是藍鯨大伯家的成員，也會被你這咻起碰碰嘩啦啦給嚇跑啦！」

大翅老爹急著要阻止阿金小子，連藍鯨大伯都抬出來了。其實，藍鯨大伯並不是阿金小子他爸爸的哥哥，而是所有的大翅鯨都稱呼藍鯨為大伯。因為在大海神所管轄的七大海域，十幾萬種海洋生物當中，只有四個支系是跟大翅鯨一樣，血管裡流動著溫暖的血液，除了海牛、海豹、海獅、海象和北極熊之外，就是大翅鯨所屬的鯨豚類了。而這鯨豚類當中，又分成嘴裡有牙齒的齒鯨類，

和嘴裡沒牙只有鯨鬚的鬚鯨類。大翅鯨跟其他十種鯨組成了鬚鯨類，其中個子最大就是藍鯨，所以，他們就稱呼跟自己血統最親近的藍鯨為大伯啦！

「哎呀呀，大翅老爹，你別跟孩子開玩笑了，藍鯨大伯比我們還少出現在這裡，不管阿金小子做幾次咻起碰碰嘩啦啦，也嚇不到他們的。倒是你再仔細看一看，這海面上的亮點，真的都是星星嗎？要真的是星星，那傳說中的願望實現，也太簡單了吧！」

游在最後面的花鰭嬤嬤，加速上前來替阿金說話，也提出了一個疑問。大翅老爹和阿金小子同時抬起頭來，露出水面，瞇著眼睛，認真的研究海面上的光點。

「是欸，這些光點雖然很像星星，可是我碰到它們的時候，沒有什麼特別的感覺，就跟平常碰到海水一樣。大翅老爹，星星摸起來是什麼感覺呀？」

大翅老爹沒有回答阿金小子的問題，他側身舉起一隻長長的胸鰭，緩緩的在海面上攪動。老爹製造出來的水波輕輕的搖晃起伏，水上的光點卻沒有聚攏或是散開，而是在水面跳躍閃爍。

「沒錯！這些光點確實不是星星，它們只是水波反射月光形成的亮點。所以，摸不到，感覺不出來。」

大翅老爹才說出他的判斷，阿金小子馬上著急起來：

「那我媽媽怎麼辦？她的病真的好不了了嗎？」

往年，阿金的爸爸媽媽總會跟跟他們一起，從阿拉斯加的海域出發，一家子大翅鯨沿著海岸，順著潮水，來到琉球群島，一起度過快樂的出遊時光。只是今年才到鄂霍次克海，都還沒看到太陽國呢，阿金媽媽就說她沒有體力，再也游不動了。其實，阿金媽媽已經有好長一段時間，沒有食慾，吃不下東西。就連阿金小子第一次自己使用噗啵噗啵泡泡網，驅趕磷蝦成功，大吃一頓的時候，媽媽也只是在旁邊微笑誇獎，沒有像從小鼓勵阿金那樣，跟他一起衝出海面，來個咻起碰碰嘩啦啦。

使用噗啵噗啵泡泡網，驅趕磷蝦或是小魚進食，對大翅鯨來說，是一個非常重要的覓食技能。阿金小子從小就跟著大翅老爹、花鰭嬤嬤和爸爸媽媽，在阿拉斯加附近的海域，製造噗啵噗啵泡泡網進食。首先，總會有隻鯨，發出我餓了的訊息，然後大家分頭張望哪裡有磷蝦或是小魚群集。不論是誰發現目標，馬上就會通知大家。接著就是深深吸大大口氣，全家一起潛水到獵物群下方，圍成一個圈圈游動。一邊游一邊噴氣製造氣泡，大家同心協力製造出來的泡泡形成直立圓柱形的泡泡牆，把獵物關在牆內的海面上，就可以趁機浮上海面大快朵頤啦！

阿金小子一直認為，能夠跟著大家一起用噗啵噗啵泡泡網覓食就好了，媽媽卻堅持要他練習，隻身一隻鯨也能製造出噗啵噗啵泡泡網的技術。

「阿金哪，你不可能永遠待在老爹嬤嬤身邊，爸爸媽媽也不可能永遠待在你身邊。你自己一鯨遊七海的機會，非常非常大。如果你不會隻身製造噗啵噗啵泡泡網的話，你餓死的可能性就大大的增加了。我還期待你找到一隻健康美麗的大翅鯨小姐，結婚後生幾隻健康活潑的大翅寶寶。所以，你一定得學會隻身製造噗啵噗啵泡泡網才行。」

隻身泡泡網跟全家泡泡網不同，一隻鯨繞圈噴氣泡，產生的泡泡太少，形成的泡泡網圈不住獵物，游速慢一點的話，連泡泡網都做不出來。所以要有特別的游動方式，才能自己噴出噗啵噗啵泡泡網。阿金爸爸示範了好幾次，要阿金小子仔細看好學著做。

爸爸先潛入深水中，把身體直立起來，然後一邊轉圈一邊噴氣泡，因為圈圈不大，所以一隻鯨噴出的泡泡，也形成小圓柱泡泡牆，圈住了一隻鯨分量的獵物。

「注意，祕訣就在於繞圈和轉圈的不同。大家一起就繞大圈子，自己捕食就轉小圈子。阿金，你來試試看！」

剛開始阿金一轉圈頭就昏，等到轉圈不昏頭，他又忘了噴氣製造泡泡，噴出泡泡又忘了要轉圈，他總算了解自己覓食的辛苦。累得不想繼續練習，卻看到媽媽擔心的眼神，只好努力堅持練下去。等到練成了，高高興興大吃一頓後，換阿金小子擔心媽媽了。她雖然微笑誇獎阿金，但是沒有一起咻起碰碰嘩啦啦，就真的是不對勁了！當媽媽說再也游不動的時候，阿金更是擔心得不得了。老爹、嬤嬤和爸爸，一時也不知道怎麼辦才好。

後來是花鰭嬤嬤想到了七星潭的傳說，如果全家之中，有誰能在潭裡吃下七顆星星，就可以許下一個願望，希望阿金的媽媽可以恢復健康，大海神就會把媽媽的病醫好的。

可是現在，阿金小子跟著大翅老爹和花鰭嬤嬤，越過琉球群島繼續南下，千里迢迢的來到這美麗島的七星潭，卻發現潭裡一顆星星都沒有！

「小子，如果現在海裡全是星星，我們才要擔心呢！哪有願望這麼容易就能夠實現的？大海神一定會考驗我們的決心，試探我們對阿金媽媽的愛有多深。想要吃到七顆星星，我們還要努力突破困難才行哪！」

花鰭嬤嬤早就知道，這趟行程的任務十分艱鉅，她告訴阿金小子要有心理準備才好。阿金點點頭，不管會遇到什麼樣的困難，他一定會想辦法，讓媽媽恢復健康的。

「是啊，接下來會有很多很多挑戰。其中最可怕的，就是沒鰭！」

大翅老爹臉色沉重的說出，他這一路來，最擔心的東西。阿金小子從來沒聽過這個東西，他一邊眨眨愛睏的眼睛，一邊提出問題：

「沒鰭？沒鰭是什麼東西呀？他比藍鯨大伯還要大嗎？還是他跟虎鯨阿叔一樣，會用牙齒攻擊我們？」

「沒鰭不是鯨魚，他們連海洋生物都不是！他們生活在陸地上，不是大海神的子民！他們……」

大翅老爹越說越激動，沒有注意到阿金小子雖然還是跟著他們緩緩繞圈游動，但是向著圈內的那隻眼睛已經閉上，阿金小子睡著啦！

「老爹呀，小子已經睡著囉，你說再多他也沒聽進去的。游了那麼長的距離，大家都累了，有什麼話，明天再說吧！」

花鰭嬤嬤說著說著，也閉上向著圈內的那隻眼睛睡覺了。大翅老爹閉上嘴巴嘆口氣，一定要及早讓阿金小子多多了解沒鰭才行，不然，遲早會連自己怎麼死的都不知道！

早晨的天光微微亮，太陽在海裡還沒起床，一陣陣「轟轟轟」、「噠噠噠」、「隆隆隆」，吵得連鯨魚都睡不著的噪音，從海面上傳來。剛剛浮上去換氣的大翅老爹，急急忙忙下潛到花鰭嬤嬤和阿金小子的水深處，要他們一起潛到更深深處。

「糟糕，是沒鰭！他們出現了！」

花鰭嬤嬤聽到老爹的警告，馬上就跟他一起下潛；可是阿金小子竟然轉身向上游去，他跟老爹和嬤嬤說：

「我去換一口氣，馬上回來跟上你們。」

「不行！要是被沒鰭發現，你就死定了！」

阿金小子沒聽老爹的警告，快速的浮出海面，他真的很想看看，老爹口中那可怕的沒鰭，到底是什麼長相。

遠遠的，從陸地和海岸交接的浪花線那裡，有一個阿金從沒看過的小東西，浮在海面上，用很快的速度向大海中間移動。扁平的身體，一頭微微翹起來，中間隆起幾個高高低低的疙瘩，這個怪東西轟轟隆隆噠噠噠的，從阿金頭上的海面經過。

「這就是沒鰭嗎？他有什麼好怕的呀？」

老實說，阿金小子有一點失望！大翅老爹一向就是他最崇拜的偶像，聽老爹說起他年輕時，單獨面對五隻虎鯨阿叔的挑戰，照樣打得他們落慌而逃的戰績，阿金真希望自己也有這樣的好身手。還有還有，阿金更羨慕的是，老爹還是家族中，唯一勇闖火奴奴島繁殖場的大翅鯨，在異鄉用他完美的歌喉，唱出美妙的求婚曲，把花鰭嬤嬤娶回來。這樣的偶像，一再強調沒鰭的可怕，阿金以為沒鰭要比眼前這個小不點厲害很多才對。

「阿金，不要噴氣！先跟我下潛離開這裡，到安全的地方再換氣。」

大翅老爹頂著阿金小子離開危險之地，回到花鰭嬤嬤等待他們的地方。兩位大長輩決定，告訴阿金小子，這個他四處悠游的世界，也有讓大翅鯨難過、傷心、害怕、憤怒的一面！

「那時候的我，跟現在的你一樣大，也跟著家族的長輩們，在夏天覓食場和冬天繁殖場之間洄游旅行。」

亮燦燦的陽光穿透海水，照在大翅老爹身上，他半瞇著眼睛，輕輕噴出幾個小氣泡，思緒回到了孩提時代。那時候，大翅鯨的家族超級大，老爹嬤嬤、叔叔伯伯、阿姨姑姑、哥哥姊姊、弟弟妹妹，小群組成大群，大群組成大大群，一家子十幾二十隻大翅鯨，是常有的事情。那時候，洄游的路線超級長，從北極海到阿拉斯加，穿過白令海、鄂霍次克海，再沿著太陽國的海岸，來到琉球島。在這裡休息玩耍一陣子，還會繼續南下，經過美麗島東岸，滑過七星潭，繼續南下再南下，到了美麗島尾端，那個小小的蘭花島附近海域，才是真正充滿浪漫氣氛的大翅鯨繁殖場。

「我記得很清楚，是花斑姑姑家的大哥，追求的大翅鯨小姐，點頭答應嫁給他的那一年，整個家族都沉浸在喜事的快樂當中。我們在蘭花島和美麗島南端之間的大海，舉辦盛大的典禮。我們側身揮舞長長的胸鰭，我們舉起尾鰭拍打海水，我們衝出水面跳躍，誰都沒有注意到，浮在水面上有一些小小的，扁扁平平的，一頭翹起，中間隆起幾個疙瘩的怪東西，向我們靠近。」

大翅老爹講到這裡，阿金小子馬上就想到剛剛看到的東西。他衝口而出：

「是沒鰭！」

「沒錯，就是沒鰭！他們躲在浮殼裡面，用比虎鯨阿叔的牙齒還要尖銳的……」

「等一下，等一下！老爹，怎麼又跑出什麼浮殼來，我都被搞糊塗了。」

「唉，小子，沒鰭的怪東西可多著呢。他們是陸地生物，無法在海裡行動，所以就躲在浮殼裡面到海上來。真正的沒鰭樣子更奇怪！頭很圓，上面長滿細絲；身體長長的，兩隻圓圓的胸鰭，尾端分叉成五個細肢，非常靈活；尾鰭也是圓圓長長，可以在浮殼的疙瘩之間走動。鰭不像鰭，他們根本就沒有鰭，所以叫他們沒鰭。那扁平一頭翹，中間隆疙瘩的就是浮殼，沒鰭在上面用另一種尖銳的怪東西，刺得我們血流不止，藍色的海水都染成了紅色！」

「天哪！流那麼多血，不就沒命了嗎？」

「是的，花斑姑姑和花點嬤嬤傷勢嚴重無法游動，被沒鰭用浮殼拖走，再也沒有回來！我們逃回北極海之後，大家決定洄游路線到琉球島就回頭，再也不去那片傷心的海域了。更重要的是，我們學會一定要躲避沒鰭！」

大翅老爹說完，轉身讓阿金小子看看他尾鰭旁邊，那個洄游了幾十次，仍然沒有消失的大傷疤。阿金小子憤怒的大吼：

「為什麼？沒鰭為什麼要殺害我們大翅鯨？」

大翅老爹搖搖頭，嘆口氣說：

「誰知道呢？就算要吃我們好了，他們那麼小，我們這麼大，就不怕活活撐死嗎？後來，我們大翅鯨的數量越來越少，越來越少，少到我們一家五口就算大家族了！我想，這一定跟沒鰭脫不了關係。」

「其實，不只這條洄游路線有沒鰭的問題。從北極海到火奴奴島的路線，也流傳著一定要避開沒鰭的警告！大海裡的大翅鯨數量一直在減少，大家都知道是沒鰭搞的鬼，只是不知道他們為什一再的追殺我們。阿金小子啊，聽老爹和嬤嬤的話，這輩子絕對不要靠近沒鰭！」

花鰭嬤嬤語重心長的叮嚀，阿金小子點點頭，至少在吃下七顆星星許願，祈求大海神讓媽媽身體恢復健康之前，阿金小子千萬別遇見沒鰭才好。

天上的月亮越來越瘦，從海裡出來爬上夜空的時間，也越來越晚。三隻大翅鯨在七星潭海域，除了小心避開沒鰭之外，最重要的就是趕快找到七顆星星吞下，祈求大海神讓阿金媽媽恢復健康。只是，這些日子以來，他們游遍了七星潭海域，別說是七顆了，就連一顆星星也沒有呀！

「大翅老爹，傳說傳說，會不會傳錯了呀？你看，星星都在天上，這海裡頭怎麼會有星星呢？」

這天，細細彎彎的月亮剛剛離開海面，就被一抹黑雲遮蔽，黯淡的月光顯得滿天星星燦爛。阿金小子終於忍不住，開始擔心這幾天的努力都白費了。

「是啊，星星都在天上，我們怎麼吃得到呢？老爹，我們別在海裡找星星了，得另外想辦法才行！」

花鰭嬤嬤也覺得最近在浪費時間。大翅老爹點點頭，大家都閉上嘴巴，努力思考傳說中的星星，可能會在哪裡。阿金小子轉頭四處張望，想著到底是漏掉了哪裡沒去找。突然，他看到了遠遠的，海面和天空交接的那條線上面，本來在那裡的一抹黑雲不見了。

「你們看，那裡有星星！」

阿金興奮大叫，老爹和嬤嬤順著他胸鰭指的方向看去，一彎月亮旁邊，確實有幾顆閃閃發光的星星。可是，它們都在天上呀！

「老爹，你忘了我的咻起碰碰嘩啦啦了嗎？我只要游到海天交接線那裡，然後來個咻起碰碰嘩啦啦，就可以跳到空中吃星星啦！」

阿金興高采烈的跟充滿疑問的老爹解釋，老爹卻大搖其頭說：

「我從來沒聽說過有誰曾經游到海天交接線那裡的，也沒聽說過有誰可以跳到天空吃星星的。」

「就是要完成艱難的任務，大海神才會讓我的願望實現嘛。說不定我就是第一隻游到海天交接線，在那裡跳到天空吃星星的大翅鯨呀！」

老爹還是不斷搖頭，花鰭嬤嬤勸老爹說：

「就讓他去試試看吧。不去試怎麼知道行不行呢？」

「好吧，小子你自己去試試看！你自己喔，我們可要留在這裡想想其他辦法。」

大翅老爹本來希望要阿金小子自己去，他就會打消單獨行動的念頭，沒想到阿金他轉身就朝海天交接線衝去，還不忘大聲說：

「等我吃到七顆星星的好消息！」

只是，海天交接線真的跟大翅老爹說的一樣，實在是好遠好遠哪！阿金小子一直游一直游一直游，游到那彎彎的月亮都爬到天空中央，開始往另一邊的山頭下降，那條可惡的交接線，還是遠遠的，一點都沒有比較近！

「咦？難道說，那條線自己會跑？」

阿金停下來喘口氣，發現海天交接線沒有變近，倒是自己離七星潭變遠了。阿金想到了一個很重要的問題：

「這裡還算是七星潭嗎？不算的話，在這裡吃七顆星星，還有沒有用啊？」

冷涼的海水，輕輕拂過阿金小子高高的額頭，流過他噴氣的鼻孔，變成水珠在空中跳躍，墜落在阿金高聳的脊背上，再滑入海裡，沿著肚皮，滑到他那線條優美的大尾巴。阿金總算冷靜下來，他發現眼睛看到的不一定是真的呀，明明交接線上面一點點的星星，跳躍起身就吃到了，但是交接線卻一直跑到更遠更遠的地方去！還是說，根本就沒有交接線呢？

那彎月亮早就下到陸地上的大山背後，天就快要亮了。阿金小子甩甩頭，他已經精疲力盡啦，還是慢慢游回七星潭找大翅老爹和花鰭嬤嬤，大家一起想辦法吧！

游啊游啊，睡呀睡呀，邊游邊睡，邊睡邊游，阿金小子迷迷糊糊之間，好像回到了快樂的北極海，回到媽媽還沒生病前的北極海。爸爸正在教阿金唱歌：

「先把最重要的主旋律唱熟，然後再把前中後三段連貫起來，大概就有個樣子了。來先來這段主旋律！」

爸爸示範唱歌，媽媽在旁邊用噗啵噗啵泡泡網圈住食物，阿金耳朵聽爸爸唱，眼睛看著噗啵噗啵的泡泡，心裡高興得不得了。好久沒有看見媽媽的好胃口啦，阿金高興的來個咻起碰碰嘩啦啦！

「啪、啪、啪，喔！吔！」

一陣陣阿金從來沒有聽過，但可以感覺出興奮熱鬧的聲音，把他吵醒。身邊的海水波浪翻騰，水花四濺，正是他完成咻起碰碰嘩啦啦後的樣子。原來他一邊作夢還可以一邊躍出海面呢！只是，旁邊發出陣陣吵雜聲的是誰呀？

不看還好，一看就把阿金嚇得完全清醒！是一隻浮殼，一隻比上次看到那隻大了兩倍的浮殼，上面還站了滿滿的沒鰭！

「慘了！這下死定了！」

阿金小子好像看到了自己，血流不止的把海水染紅，還被浮殼拖往陸地大山的方向移動。他想逃，但是不知道是游了整天整夜累壞了，還是被大浮殼上的大群沒鰭嚇傻了，阿金小子竟然一動也不動的，跟著海水上上下下。大浮殼越來越靠近了，小子聽到上面一隻綠皮沒鰭，哇啦哇啦的，不知道說些什麼，其他所有的沒鰭突然安靜下來，沒有一點聲音。

海風徐徐，清晨陽光照耀下的大海裡，一隻安靜的大翅鯨，跟一隻大浮殼上滿滿的安靜沒鰭相對，時間彷彿靜止了一樣！

一個清晰的意念，來到阿金小子的腦海裡：

「別怕！這些不是壞東西。左左右右，揮揮胸鰭；上上下下，擺擺尾鰭，向前游去，向前游去！」

阿金小子鎮靜下來，慢慢向前游去。大浮殼靜靜跟隨，上面的沒鰭沒有拿尖尖的怪東西，只是微微張開嘴巴，輕聲啊啊叫。阿金越游越快，浮殼緊緊跟隨，於是阿金開始下潛，終於漸漸擺脫了浮殼。

「小子啊，大難不死，必有後福。大海神讓你擺脫沒鰭安全回來，表示我們就要吃到星星，達成心願啦！」

樂觀的花鰭嬤嬤，聽完阿金的經歷，這樣安慰他。大翅老爹卻沉重的說：

「我們要趕快想出辦法吃到星星，離開這裡才行。沒鰭發現七星潭有大翅鯨，一定會再來的！」

天上的月亮越來越瘦，越來越瘦，終於瘦到了不見蹤影。沒有了月亮的天空，星光特別燦爛。這天晚上，海面上無風無波紋，三隻大翅鯨在七星潭裡，看著滿天星星傷腦筋。

「啊，要是我們能飛上天就好了，那裡有跟磷蝦一樣多的星星哪！」

花鰭嬤嬤打破久久的靜默，想逗大家聊聊天。大翅老爹苦笑著說：

「那還得我們大翅鯨的大鰭，變成像鳥一樣的大翅膀，才飛得起來。還有，要減輕身體的重量，減到很輕很輕才行！」

老爹說完正想翻個身，阿金小子突然叫一聲：

「快看那邊！」

那邊，靠近陸地大山，接近海灘的那邊，嘩嘩啵啵的一群小魚在水面跳躍。

「小子，現在不是看風景的時候，我們得……」

「老爹，那些魚，每一隻都亮晶晶的！跳起來的時候，還有一道光線跟著，連水花都會發光呀！」

沒錯，那會跳離水面的閃爍光點，好像不是魚群，是……是……是星星，是一群星星！

「啊！原來嬤嬤說的是真的！」

花鰭嬤嬤喃喃自語，聽得大翅老爹和阿金小子一頭霧水，莫名其妙。她壓低嗓門，繼續跟大家解釋：

「在我很小很小的時候，曾聽我的嬤嬤說過星星跳浪。她在火奴奴島一處神祕的海灘，遇見過一群從天上下來海裡玩耍的星星。那是一個沒有月亮的晚上，滿天閃爍的星星，海面上無風無波紋。一群星星在海面上跳躍，形成一道道發光的浪花，讓她看得目瞪口呆。等她回過神來，星星已經回到天上去了！」

「你怎麼從來都沒說過？」

「家族裡的大翅鯨根本不相信星星跳浪這回事，大家都說是嬤嬤做了

一個好玩的夢。我也早就忘了這件事情，看到眼前的景象，我才知道我嬤嬤說的是真的！」

看著眼前跳躍的星星，阿金小子第一個想到的是，趕快衝過去，張開大嘴，把星星配海水一口吞下去！大翅老爹一個橫身，擋在阿金前面：

「現在的問題不是要怎樣吃到這些星星，而是要怎樣不多不少剛好吃到七顆。」

「是啊，而且一次就要成功，不然把星星嚇回天上去，就不知道要等到什麼時候，才有第二次的機會了。」

哎呀呀，這可不簡單啊！大翅鯨的嘴巴那麼大，星星那麼小，一口七顆，還得一次搞定，這可是千萬不能輕舉妄動，要好好商量對策才行。阿金小子最先說話：

「我們游近它們，像趕魚群那樣，趕星星移動，等有七個一群時，就趕緊一口吞下。」

大翅老爹搖搖頭：

「游近它們？遠遠的看見我們，它們就逃啦，哪還會在那邊等？」

「那……那……那就偷偷過去呀！」

阿金覺得想吃星星，一定要靠近它們才行啊。花鰭嬤嬤問他：

「是啊，偷偷靠近它們，不要被發現就好。可是，要怎樣偷偷過去呢？」

「就偷偷的，偷偷的過去呀！」

阿金還沒想出好辦法，倒是大翅老爹要大家試試看：

「我們先深潛到深海，在深海中游到星星底下，然後製造噗啵噗啵泡泡網，圈住星星。它們應該不知道泡泡網底下有大翅鯨，甚至可能會覺得泡泡很好玩。它們玩得高興，就不會注意到其他事情，那我們就有機可乘了！」

「值得一試的好方法，我相信泡泡會讓星星玩得很高興。只是，我們三隻全都去的話，一來比較容易被發現，二來這樣做出來的泡泡網很大，只圈住七顆星星的機會很小。」

花鰭嬤嬤思考周到細膩，在這個一次就要成功的當頭，特別重要。阿金小子點點頭，他說：

「我的個子小，讓我自己潛過去製造噗啵噗啵泡泡網，大小應該比較適合。」

老爹和嬤嬤互看一眼，欣慰的點點頭，他們知道阿金開始動動腦了。阿金想了想，繼續說下去：

「我不是要用泡泡網圈住星星，我是要用好玩的泡泡網吸引它們過來。很有可能它們會一顆一顆慢慢來，等剛好七顆時，我就可以一口吞下去了！」

「太棒了！」

花鰭嬷嬷忍不住輕輕拍動胸鰭，誇獎阿金。大翅老爹也不斷點頭，表示這個方法可行。阿金浮出水面，換了一大口氣，準備行動。

靜靜的星空下，靜靜的海面上，三隻大翅靜靜靜的看著星星跳浪。一個清晰的意念，來到阿金小子的腦海裡：

「別急！吞下七顆星星，放在第一胃裡，看見媽媽，再吐出來。深深潛下，靜靜前去，深深潛下，靜靜前去！」

大翅鯨有四個胃，第一胃是儲藏室，沒有消化的功能，這個阿金小子很清楚。只是這個意念是從哪裡來的呢？不等他轉頭，就聽到了大翅老爹顫抖的聲音：

「大海神，是大海神！」

「大海神已經傳來指示，阿金媽媽有救了！小子啊，快去進行你的計畫吧！」

阿金聽了花鰭嬤嬤的話，回過神來，立刻深潛海中，游到星星跳浪底下，開始噗啵噗啵的製造泡泡。

淡淡幽幽的星光，微微照亮黑漆漆的七星潭，在星星跳浪的那道銀光浪花附近，突然由下往上冒出一個個海水泡泡。細細密密的泡泡，逐漸形成一道圓形的簾幕，在海中圈出一個神奇的遊樂場。

一個紅色的星星來了，它跳進一個泡泡裡，跟著海水向上漂。泡泡啵一聲破了，它跳出來再找一個泡泡進去。上上下下，進進出出，玩得好高興哪！

「一個！」

一個綠色星星和一個黃色星星也來了，它們在旁邊停了一下子，就選了一個大一點的泡泡，一起跳進去，然後上上下下，進進出出，玩得好高興哪！

「三個！」

一個藍色星星和一個白色星星來了，在泡泡遊樂場外面繞一圈，停一下下，就走了。

「唉呀！」

進進出出，上上下下，進進出出，上上下下，第一個進來的紅星星跳出去，走了！

「唉呀呀，別走啊！剩兩個了。」

藍星星和白星星又過來了，它們還帶著兩個橘色星星和一個黃星星，一起跳進泡泡遊樂場。

「七……七個！」

阿金小子張開大嘴，向上衝去，把七顆星星連帶海水一起吞下。一直屏氣凝神在附近守望的大翅老爹和花鰭嬷嬷，高興得一起衝出海面，來個大大的咻起碰碰嘩啦啦！

「成功啦！成功啦！阿金小子成功啦！」

「現在，只要趕緊回到北方阿金媽媽那裡，遵照大海神的指示，把星星吐出來給她就可以啦！我們快點動身吧。」

大家都很擔心阿金媽媽的病情，急著要把星星帶回去給她。大翅老爹心裡還有其他顧慮，他怕上次緊跟阿金小子的沒鰭，會回到七星潭來找大翅鯨。所以，完成吃星星的任務後，他們完全沒有停留，馬上就出發向北游去。

太陽快要出來的時候，天邊朵朵黑雲背後，射出一道道金光。大翅老爹在最前面帶路，阿金小子排第二，最後面的是花鰭嬤嬤。

「花鰭嬤嬤，天快亮了，天上的星星都不見了！」

阿金小子游得好悶，想找嬤嬤聊聊天，等了好久，卻等不到花鰭嬤嬤的回答。倒是大翅老爹說話了：

「是啊，天快亮了，我們游了一個晚上啦！花鰭是不是累得睡著了？」

還是沒有回答。阿金小子舉起尾巴，拍打海面，濺起水花，他想嚇嚇打瞌睡的花鰭嬤嬤。以往的慣例，花鰭嬤嬤馬上就會過來頂頂阿金的肚子，再用胸鰭打水，開始跟阿金玩鬧起來。可是這次，後面還是靜悄悄的，沒有反應。

兩隻大翅鯨覺得不對勁，急忙轉身看是怎麼回事。他們發現後面除了海水，什麼都沒有，花鰭嬤嬤不見了！

「沒鰭！一定是沒鰭把花鰭抓走了！」

大翅老爹衝口說出心中最擔憂的事。只要跟沒鰭有關，他就心情激動得幾乎無法思考，這時他急得在原處打轉，希望趕快想出辦法來。阿金知道自己一定要冷靜下來，不能跟著乾著急。他想了一想，橫身擋住老爹，要老爹先聽他說：

「老爹，你說過沒鰭是陸地生物，一定要躲在浮殼裡才能到海上來。我們這一路游過來，並沒有看到浮殼出現，我想應該不是他們把花鰭嬤嬤抓走了。我們回頭找一找，說不定就可以找到嬤嬤了。」

「小子，你說得對，我是一時急糊塗了。我們趕快回頭找找看！」

急呀急呀，趕哪趕哪，兩隻大翅鯨循著來時路，尋找心愛的花鰭嬤嬤，終於在黑雲散去，太陽高掛空中的時候，找到她了！

「你們……你們……怎麼回來了？」

花鰭嬤嬤遠遠的就看見他們，除了大吃一驚之外，她竟然放聲大叫：

「不要過來！你們不要過來！」

大翅老爹和阿金小子怎麼可能不過去？只見他們加快速度向花鰭嬤嬤游過去，花鰭嬤嬤急得扭動身軀，高聲尖叫：

「別過來！這裡有怪物！」

阿金小子急速停住，他不是害怕怪物，而是猛然想到，如果大家都被怪物抓住，那誰來解救他們呢？可是他來不及阻擋衝在前面的大翅老爹，眼睜睜的看著老爹想要幫花鰭嬤嬤脫困，卻一起被怪物纏住！

這怪物還真的超極怪！無影無蹤，完全隱形看不見，卻牢牢的抓住花鰭嬤嬤的尾鰭，和大翅老爹半邊身體。

「你們為什麼要回頭？趕緊去救阿金媽媽才對呀！」

「你沒有一起回去，我們絕對不走！你為什麼不叫我們來救你？」

「我掙扎半天都掙不開，我想你們來也無計可施。不如你們繼續趕路，我自己在這裡跟怪物耗下去。等怪物累了，說不定就放開我了。現在好了，連你也被抓住了，剩下阿金小子怎麼辦？」

「唉！這一定是沒鰭搞的陷阱。小子，你先離開這裡，照大海神的指示，把星星帶去給你媽媽。我和花鰭在這裡自己想辦法脫困，沒有問題的，你不用擔心。」

阿金小子看看老爹，又看看嬤嬤，他決定跟大海神改變願望，讓他們先脫離險境再說。至於媽媽的病，或許可以再吃一次星星來解決。

「小子，你別亂來！改變願望是無效的，你不要讓大家的辛苦白費了，快回北方去救你媽媽吧！」

「花鰭嬤嬤，你怎麼知道我要……」

「你眼睛一轉，我就知道你在想什麼了！去，去，去，快離開這裡，回北方去。」

「是啊，你快走！不然等沒鰭來了，我們誰都走不了。」

大翅老爹也催阿金快離開。阿金什麼都沒聽到，就聽到沒鰭這傢伙。

「老爹，你確定這怪物是沒鰭的動西？」

「鐵定是沒鰭！除了大海神之外，也只有沒鰭能弄出這種怪東西來。」

「好，那我知道要怎麼辦了。你們在這裡等我，我去找沒鰭來！」

「不行！沒鰭來了，我們更慘。」

阿金小子沒理會大翅老爹的反對，轉身游向那天被浮殼跟蹤的地方。他心裡想的是，那天大海神跟他說的：

「別怕！這些不是壞動西。」

咻起碰碰嘩啦啦，咻起碰碰嘩啦啦。阿金小子記得，上次就是他迷迷糊糊的做完一個咻起碰碰嘩啦啦後，那個大浮殼就出現了。這次他做了又做，做了又做，做到快全身無力了，還是沒看到浮殼的蹤影。阿金不肯放棄，喘口氣，準備再來一次時，他終於看見期待已久的浮殼出現了！

這次上面只有三隻綠皮沒鰭，他們全都盯著阿金小子，不知道在想些什麼。阿金朝大翅老爹和花鰭嬤嬤被抓住的地方游去，他想趕快去看看他們，又怕沒鰭跟他跟丟了，只好按捺激動的心情，不急不徐的向前游。好不容易，終於回到他們被困的地方。

「現在覺得怎樣？怪物放開你們了嗎？」

阿金一看到老爹和嬤嬤，就急著問他們好不好。老爹氣呼呼的回答：

「放開有什麼用？你都把沒鰭引來了，大家肯定是死路一條。」

「小子，嬤嬤不知道你在想些什麼，但是我相信你不會傷害我們大家。唉，這怪物不但沒放開我們，我覺得越掙扎抵抗，它好像抓得越緊哪！」

阿金真的不知道，把沒鰭找來是對還是錯，只能祈求大海神保佑大家平安脫困。浮殼上的沒鰭，發現大翅老爹和花鰭嬤嬤了。他們聚集在一起，哇啦哇啦的講話講了好久。然後，兩隻沒鰭跳下水來，手裡都還拿著一支尖銳的怪東西，那尖尖的怪東西，在陽光照射下，閃閃發亮！

「就是這個光！那年刺死花斑姑姑的沒鰭，拿的怪東西就是發出這個光。阿金，別管我們了，你快逃吧！」

大翅老爹發出恐怖的叫聲，花鰭嬤嬤也大聲呼叫阿金快走。但是阿金搖搖頭，他說：

「我們一起出來，就要一起回去！我不會放棄最後的希望，我……我……對沒鰭有信心！」

阿金對沒鰭還是抱著一線希望，希望他們不是壞東西。兩個跳下海來的沒鰭，游到花鰭嬤嬤的尾鰭那裡，舉起尖刺怪東西，劃向他們另一隻前肢抓起來的，看不見的東西。咦？等等，阿金好像看到陽光下那看不見的怪物，現出了原形。那是很細很細的線，交織成一格一格的一大片，纏住了花鰭嬤嬤的尾鰭。兩隻沒鰭用尖刺怪物一劃，細線格子就斷了。他們一路劃過去，花鰭嬤嬤的尾鰭漸漸就可以擺動了。

海面上又來了幾隻浮殼，越來越多拿著尖刺怪物的沒鰭跳下海來，他們靠近大翅老爹，抓起現出原形的細線怪物，一截一截的劃斷它。

直到大翅老爹和花鰭嬤嬤恢復自由，他們還是不能相信，是沒鰭救了他們！過去總是追殺大翅鯨的沒鰭，怎麼可能解救大翅鯨呢？啊，沒鰭真是無法理解的生物！

太陽從海上出來，再下到山的那一邊；換月亮從海上出來，再下到山的那一邊去。日日夜夜，一天過了又一天，三隻大翅鯨離開七星潭，趕往北方。經過炎熱的夏季，天氣漸漸變涼的時候，大翅老爹、花鰭嬤嬤和阿金小子，終於越過琉球群島，回到鄂霍次克海，見到了阿金的爸爸媽媽。

「媽媽，我吃到七顆星星了。大海神給我指示，見到你的時候，再把它們吐出來！」

阿金先不急著把一路的危險和辛苦說出來，他最擔心的還是媽媽的身體。沒想到媽媽竟然跟他說，她也接到大海神的指示了。

「那一天，海面無風也無浪，天地之間，安安靜靜，一點聲音都沒有。一個清晰的意念，進入我的腦海：孩子吞下星星七顆，就要返航。吐出星星，吞下星星；吞下星星，吐出星星，母親就會康復，就會康復。」

阿金爸爸媽媽知道，阿金吞下七顆星星了，但是不懂「吐出星星，吞下星星；吞下星星，吐出星星」是什麼意思。現在遠征美麗島七星潭的勇士們回來了，大家趕快討論看看，大海神是要他們怎麼做。

「看見媽媽，再吐出來。媽媽，大海神要我把星星吐出來給你。」

「所以，阿金吐出星星，而我吞下星星。那後面那次吞下星星，吐出星星，又是怎麼回事呢？」

「嗯，我想，大海神是在告訴你，你吞下星星後，又會吐出星星。」

花鰭媽媽剛說完，大翅老爹就主張馬上進行前面的吐出星星和吞下星星，他說：

「大海神的指示不會錯，照著進行就對了，後面的階段自然會發生，我們不用操心。」

「是啊，我們既然選擇相信大海神，那就照著祂的指示去做吧！」

留守在媽媽身邊的爸爸，也贊成大翅老爹的說法，希望趕緊把媽媽的病治好。

「好的，那就來吧！媽媽，你準備好了嗎？」

媽媽點點頭，阿金換一口氣，把放在第一胃的星星吐出來。綠色的、白色的、橘色藍色和黃色的星星，阿金吐出一顆，媽媽吞下一顆，阿金連續吐出七顆，媽媽就連續吞下七顆。

大家安靜的等待，應該有什麼事情要發生才對。可是，沒有，什麼都沒有！

「媽媽，你好點了嗎？」

「沒什麼特別的感覺。」

「那肚子會餓嗎？」

「體力有比較好嗎？」……

大家七嘴八舌的問話，得到的回應全都是搖搖頭，沒差別！難道，傳說終究是傳說，清晰的意念，大海神的指示，都是大家想像出來的？那各種顏色的星星也是假的？阿金小子越想越難過，會不會媽媽就這樣越來越瘦，越來越瘦，最後瘦到不見了？阿金甩甩頭，想甩掉不好的念頭時，發現媽媽也甩了甩頭，轉身游到稍遠的地方，開始一陣激烈的嘔吐！

一顆、兩顆、三顆……七顆星星都被吐出來了。浮在海面上的星星，立刻咻咻咻的飛回天上。阿金媽媽還是一直吐不停，她吐出很多海水之

後，開始吐出一些好像有，又好像沒有的東西。一個一個透明的，像水母一樣的怪東西，在水中漂來漂去。有大有小，有些上面有紅白條紋，有些就是單一顏色。

「這是什麼怪東西？」

花鰭嬤嬤這麼問。阿金爸爸回答她：

「這應該是水母吧？我們進食的時候，這些變種水母常常會跟海水一起流進嘴巴來。」

「不，這不是變種水母。這又是沒鰭製造的怪東西！你們看，它們自己不會游水，完全是

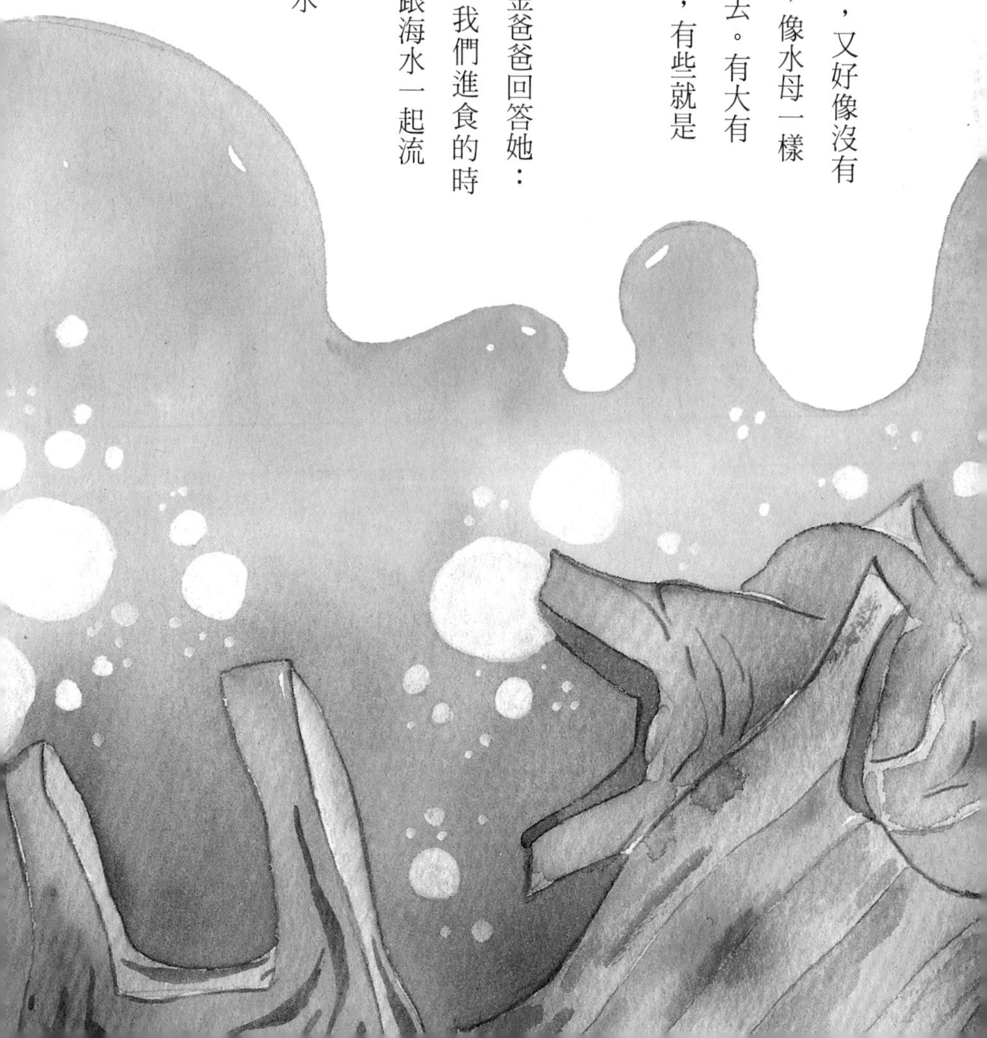

跟著水流動。」

大翅老爹又想到沒鰭，他問終於停止嘔吐，又休息了一下的阿金媽媽說：

「你吞下這些怪東西有多久了？」

「我……我也不知道哇！平常吞到一兩個，我也不在意。沒想到越積越多，竟然把我的胃都塞滿了。」

「這些東西又不能消化，難怪你沒有胃口，吃不下食物。以後知道了，大家一定不能吞這些怪東西，不小心吞下的話，也要想辦法吐出來！唉，真不知道沒鰭製造這些怪東西做什麼。」

大翅老爹長長的嘆口氣。阿金爸爸趁空檔問阿金媽媽：

「還好嗎？肚子餓不餓？」

「真的是餓扁了，我現在吞得下整個太平洋呢！」

一家子大翅鯨終於放心了，他們深深的感謝大海神的保佑之後，決定立刻出發回去北極海，他們要好好的補足這一季體力的消耗，儲備來年迴游的本錢哪！

回去的路上，阿金有好多好多事情和想法，要跟爸爸媽媽分享。還有一個很大很大的疑惑，要跟老爹和嬤嬤討論：

「刺死花斑姑姑的是沒鰭，弄出怪物纏住老爹嬤嬤的是沒鰭，下海解救老爹嬤嬤的是沒鰭，製造假水母讓阿金媽媽生病的，還是沒鰭！到底，沒鰭是好東西，還是壞東西呢？」

——原載二〇一七年二月七日～三月二十二日《國語日報‧故事》

編委的話

● 徐弘軒

這篇故事吸引我的地方是不僅刻畫海洋世界的描述十分精彩，也讓我更認識鯨豚類的海洋生物。一直看到故事最後，我才了解作者希望大家愛護海洋的用心，我們真的不應該亂丟垃圾，污染美麗的海洋！

● 陳品禎

這篇文章能讓我更了解大翅鯨的習性，閱讀整個故事彷彿身歷其境。作者用了一個問題總結了全文，讓讀者深思。當阿金小子要找沒鰭來幫忙時，幸好找的是好人，要不然連最後大翅鯨對沒鰭的信任也會消失殆盡。

● **蔡銘恩**

這篇故事讓我聯想到〈渾珠之光〉，它們的情景都在海洋，但內容卻截然不同，看到結尾，更是讓我有些慚愧，人類對於環境的破壞一日比一日更嚴重，犧牲的卻是無辜的動物們。

渾珠之光／周姚萍

◎ 插畫／劉彤渲

作者簡介

兒童文學創作者及譯者。著有《山城之夏》、《我的名字叫希望》、《妖精老屋》、《魔法豬鼻子》等書。作品曾獲金鼎獎推薦獎 、聯合報讀書人最佳童書獎、幼獅青少年文學獎、九歌年度童話獎、好書大家讀年度好書等獎項。

童話觀

童話是一只魔術盒子，一打開，便蹦出變幻與驚奇，更會像使了魔術般，讓人們自心的底層，湧起那也許已遺忘、卻最為單純美好的情感。

夜色如墨研開，愈來愈深濃，而在最深濃的那一刻，離岸遙遠的海面，隱隱約約映現了瑩瑩綠光。假使從海面往下潛，那光，會隨著潛入的深度愈顯燦亮，直到抵達海底，可發現那是顆百億年歷史的夜明珠所散發的光芒；光芒照耀出一艘巨大沉船，照耀出在甲板上熙來攘往的鬼怪們，以及各式各樣的寶物。

這裡，是每年一次的寶物市集，對於罕見珍寶有興趣的海中鬼怪，紛紛從各處趕來，有的帶著自

己的收藏來尋求買主，或希望交換到更為喜愛的寶物，也有的只為來「獵寶」；如果眼光如閃電又快又犀利，一眼看出那是奇珍異寶，搶得先機「獵」一下，就能大賺一筆。

海中，原本沒有貨幣，但隨著發現的寶物愈來愈多，便開始「以寶物交換寶物」，後來更有鬼怪搜集貝殼或珍珠購買寶物，貝殼和珍珠漸漸成了通用貨幣，還能用來當成請其他鬼怪做某件事的酬勞。

當然，也有鬼怪來到市集，並不想「獵寶賺錢」，只想湊湊熱鬧、開開眼界，好比長尾怪。他進市集前，小心捲起長尾，免得它掃到或絆倒其他同類，接著，就悠哉悠哉逛了起來。

翡翠黃金樹，多麼精巧美麗！瑪瑙項鍊，多麼晶瑩透亮！

久遠之前，因為船隻沉沒，或陸地興大水等因素，導致珍寶來到海裡，其中也包含蘊藏魔力的寶貝，好比連月光都能剪下的金剪刀；好比只需經它一舀起，再難吃的東西也會變美食的銀湯匙；好比只要將水注入，便能生成玫瑰色美酒的玫瑰壺……

「真是新鮮，真是有趣哪！」長尾怪讚嘆著。這是他第一次聽說這個市集，也是第一次來，一切都是那麼吸引他的目光。

其中，最吸引多數鬼怪的，便是那顆夜明珠。賣家口沫橫飛的介紹著：「請仔細看看，它的光有青、藍、白三種層次，只有百億年歷史的夜明珠，才具有這多種層次，才能展現這多重之美……」

熱中於買賣珍寶而致富的鬼怪，對夜明珠的興趣其高無比。但長尾怪，卻只用眼睛飽賞其美麗之後，就笑笑離開了。

長尾怪繼續往前，隨意瞄見一個攤位上一顆小小的土色之珠，它沒有散發出動人光芒，形狀卻渾圓可愛。

長尾怪走近，拿起那顆珠，才握在手裡，就覺得觸感溫潤，還似乎在他掌中雀躍滾動呢。

「想要那顆珠嗎？一個貝殼幣就好。」賣家注意到長尾怪的舉動，丟出這麼一句。

長尾怪身上僅有一個貝殼幣，不過，因為覺得與這顆珠十分投緣，就掏出錢幣買下了。旁邊有鬼怪嘻笑著說：「一看就知道是隨便用土捏成的，被騙了吧。」

聲音雖小，長尾怪可聽到了，但他並不在意。他走著，邊攤開掌心，發現手中之珠並不完全是土色，還混著乳白；湊近一看，竟還能發現一絲絲的透明，並從那透明處，散發出極其細微的光。

「你根本不是土珠，那麼，我叫你渾珠吧。」長尾怪甚至幫它取了名字。

長尾怪更意外發現，只要一到較暗的地方，渾珠內部透出的光就亮了些，還在水中折射出美麗的光線。

渾珠令他著迷了！

他不由得往深海裡潛，真的，只要愈暗，渾珠射出的光就愈燦亮，也愈多變美麗。

就在長尾怪潛入最深海底的那一刻，渾珠折射出一道極為動人的光線。長尾怪順著那道光線望去，光線的最尾端落在一道斑駁大門上的一個小凹槽中，像是一則預示。

長尾怪抬頭一看，發現那竟是座荒城。「海中荒城原來在這裡啊……」他喃喃自語著；鬼怪間流傳著海中有一座神祕的荒城，不管用盡什麼方法，大門都無法打開，大家因此認定裡頭一定藏著什麼祕密或珍寶。

「那個凹槽的形狀渾圓，看來就和渾珠一樣，大小似乎也相近。」長尾怪游向荒城大門，全身泛起興奮的雞皮疙瘩；也許，渾珠正是開門之鑰呢！

他的雙手微微顫抖著，將渾珠朝小凹槽移動，就在即將放下渾珠的那瞬間，「等等！」一聲大喊喝住了他。

長尾怪轉頭，看見一隻人魚變身怪。

人魚怪飛快游到長尾怪跟前，急急的說：「我費盡千辛萬苦，就為了找到你手上的那顆珠。我有一位恩人雙眼失明，只有那顆珠能救他。你想要多少貝殼幣或珍珠幣，我都願意找來與你交換。」

人魚怪細說起原由：他曾因颶風被沖上陸地並昏迷，醒來時，發現一位男子將他安置於裝了海水的木桶中，悉心照顧，並在他恢復體力後，帶著他回到海邊，要他快些游走。人魚怪曾聽同伴說，人類要是發現他們，通常會將他們賣給雜技團賺錢，偏偏那位男子儘管很窮，卻沒這麼做。

對於男子心存感謝的人魚怪，在一個月夜，變身成人類，帶著尋來的珍珠，想送給男子致謝。沒想到男子竟在送他回海裡的回程路上發生意外，受了傷，還雙眼失明。人魚怪滿心歉疚的留下來照顧男子。然而，男子的傷口可以恢復，視力卻永遠無法恢復了；而且，男子很愛畫畫，看不見之後，就不能再拿畫筆了。

人魚怪為了彌補，除了持續照顧男子，也經常回海中，希望找到具有重現光明功能的寶物，也終於讓他得知有顆如土之珠，研磨後服下，便具有這等神效。

「求求你，我所有的貝殼幣和珍珠幣，通通都給你，如果你覺得還不夠，我可以再去找。不過，有件事情我必須對你坦白，那顆珠同時可以開啟……」

人魚怪的話還沒說完，水中掀起了浪，一對長鬚自長尾怪的手中掃落渾珠。那是長鬚怪！

正當長鬚怪要將渾珠取走時，「答答答答！」一串水珠射向他，打得他發出哀叫，落荒而逃。原來是彈珠怪出擊！他將水含入口中，隨即能射出彈力十足的水珠當作武器。

一顆原本被取笑只是泥土所捏成的珠子，引起了鬼怪的搶奪。

不希望渾珠被彈珠怪搶走，長尾怪奔向前，將長尾甩向彈珠怪，打得他踉蹌後退，撞上後方珊瑚礁，痛得大叫。

人魚怪趨前打算撿起混珠。但同樣一秒，海水被趕來的烏賊怪所噴出的黑墨染黑，一陣碰撞混亂後，墨汁才漸漸散去，但混珠消失了！長尾怪、烏賊怪、彈珠怪、長鬚怪也全不見了！只留人魚怪在原地。

他失神的喃喃自語：「那顆珠呢？誰搶走了？找不到了吧？恩人無法畫畫後，變得非常憂鬱，身體也愈來愈衰弱了。那顆珠是他唯一的希望啊……」

渾珠到底哪裡去了呢？悠悠海水，給不了人魚怪任何答案……

在夜幕剛剛垂落的晚上，一處海岸乍然亮起異樣的耀眼光芒，那是一艘靠岸船隻所散發而出的。

一些鬼怪受到吸引，藏身在礁石後探看著。

「是運送珍寶的船隻嗎？」

「看來是很珍貴的寶貝呢，而且數量不少。」

「但願它翻船或沉船，這樣，珍寶就可能落入我們手上。」

有些因珍寶交易而愈來愈貪婪的鬼怪，竊竊私語著，透露出壞念頭。

同樣受到耀眼光芒吸引而想來看看新鮮的長尾怪，聽到這些對話，搖了搖頭。他注意到，搬運往船中的，都是長方形狀的東西，光亮也是由其中散發而出。

「畫全數運上船了嗎？」甲板上有人問道。

「是。」另外有人應聲。

長尾怪聽到「畫」這個字，想起好久之前的渾珠爭奪戰。

那場爭奪戰中，當烏賊怪噴出黑墨時，他正好閃到礁石後，並意外發現身邊飄著一張羊皮，羊皮又正巧乘托著渾珠。長尾怪急忙取了渾珠，並拿起羊皮一看，那竟是張藏寶圖，再仔細一瞧，寶藏所藏之處，就是不遠處的那座荒城，只需將渾珠放入門上小凹槽，便能開門入內，並點亮全城光芒，用以尋找寶藏。不

過，藏寶圖也記載著渾珠還具備令人重見光明的神效，但兩者只能選擇其一使用。

黑墨才散去一會兒，長尾怪就已經站在失魂落魄的人魚怪面前，對他說：「我同時撿到這張藏寶圖和這顆珠。你原本想對我說，這顆珠也可以讓我尋到整座城的寶藏，是嗎？」

長尾怪說著，遞出混珠與藏寶圖，「救人光明更珍貴哪，拿去吧！」長尾怪從沒妄想得到滿城寶藏。

回憶著這段過往，長尾怪臉上禁不住露出微笑。這時，他身邊傳來小小的聲音說道：「謝謝你。」他轉頭一看，是許久不見的人魚怪。

人魚怪悄聲對長尾怪說起：他的恩人恢復視力後，欣喜的到處畫畫，身體也恢復健康。奇妙的是，他的畫作中，有霞光處，霞光燦爛，有月光處，月光晶瑩，有瀑布處，水珠燦亮，全都會發出光芒。這艘船便是有人購買了他恩人的畫作，要送往國外。畫作的收入，他的恩人會全部用來「救人光明」，幫助有需要的人。

「啊！這是最珍貴的寶藏了。」長尾怪望著船隻向前駛去，小聲說道，並與人魚怪相視一笑。

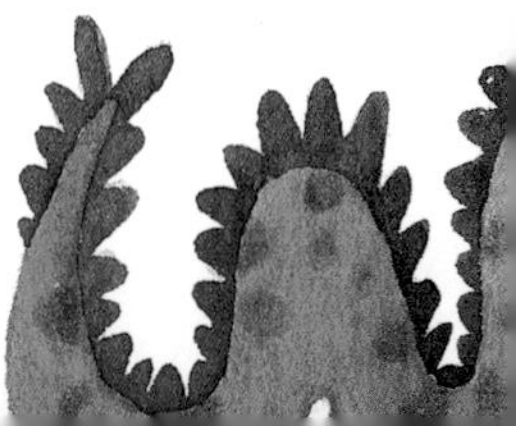

船，駛離了港，帶著光；美麗得如同當時在最深最深海底的渾珠之光……

——原載二〇一七年六月七～八日《國語日報・故事》

編委的話

●**徐弘軒**

我覺得故事裡的長尾怪很善良，讓人魚怪的恩人重見光明，開啟善的循環。故事寫作方式運用跳躍式的手法，沒有直接把結局寫出來，就如同動畫《你的名字》一樣，能更吸引人。

●**陳品禎**

這篇文章不同的地方是它以海底為背景，而講到海底就會聯想到沉船、寶物。故事人物是以鬼怪為主，這又增添了許多鬼魅感。在結尾作者寫下鬼怪們因珍寶交易而變得貪婪，好像在暗示人們不知不覺中也和那些鬼怪一樣，會為了自己的利益而不管他人的安危，得給自己有些警惕。

●**蔡銘恩**

我覺得這篇童話的情境很特別，情節也很棒，這篇故事的每個角色我都很喜歡。它讓我想到《美人魚》，讀起來時它讓我感到有一絲的溫暖……

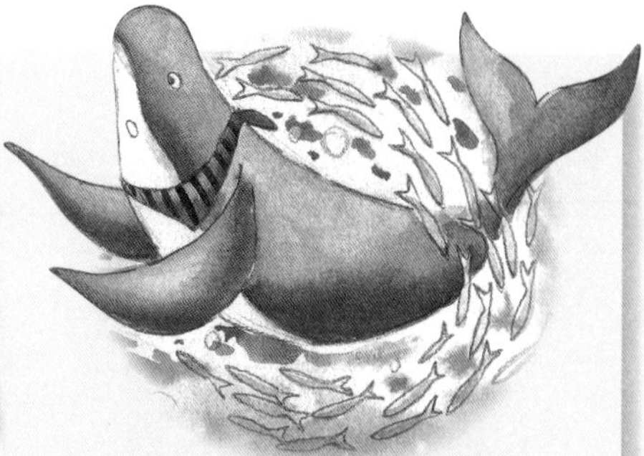

瀨貝克的冒險 ／蔡鳳秋

◎ 插畫／劉彤渲

作者簡介

在嘉義海邊小村長大，唯一的娛樂便是看故事書；離鄉讀書，寫的論文和繪本有關；工作上，有很多機會讀故事給學生聽；有了孩子後，更是每天離不開故事。童話、繪本、故事書，伴我幼年、青年、中壯年。這是我第一篇創作，期待未來及至老年，都能持續跟童話「緣緣」不斷。

童話觀

要有童話，孩子們的心靈就有歸處！我那「灰澀」的童年，因為有童話，仍能見到斑斕的色彩，仍能嘗到湧自心底的滿足。感謝童話的存在，因為有童話相伴，所有的孩子都能在其中感到美好、感到驚豔；進而獲得慰藉、獲得幸福。

瀚貝克是一隻大翅鯨，他孤伶伶在浩瀚的大海中不知巡游了多久。

原本，瀚貝克有媽媽帶著他，他們要到一個海水溫暖，磷蝦多到像滿天星星的漁場去大吃一頓。他們出發時，瀚貝克還在喝母奶，媽媽或前或後的守護著他、陪他玩耍。瀚貝克喜歡媽媽和他玩「躲貓貓」的遊戲——瀚貝克先沉入水裡，再讓媽媽猜猜他會由哪裡冒出水面，每當媽媽沒猜對時，瀚貝克就會樂得在水中連續翻滾。不過，瀚貝克最喜歡的是，當媽媽用背鰭輕輕撫拍他時，他覺得這是最幸福的一刻。

有時候，媽媽會教瀚貝克翻滾跳躍。媽媽說，大翅鯨是大海中最雄偉卻最優雅的生物，我們從海中飛躍旋轉出水時，就像美麗的芭蕾舞者，總是得到許多的讚美和掌聲。

有時候，媽媽會教他唱歌。媽媽說，在廣闊大海中，所有發生的事，都是由一波一波的海浪散播出去，但卻只有大翅鯨能解讀海浪裡的訊息，大翅鯨再以複雜多變的歌聲，將海浪中的訊息傳遞出去。因此，大翅鯨受到海神的眷顧與愛護，不必擔心歐卡攻擊，歐卡就是凶猛的虎鯨，身上有著黑白相間的身軀和森冷的白牙，他們大多結伴同行，在大海中獵殺大多數的鯨魚，但是唯獨對於大翅鯨，總是保持著距離，不敢太過靠近。

但是那一次，海神忘了眷顧瀚貝克的媽媽。

那天，瀚貝克媽媽說他們就快到磷蝦漁場了，不過這一趟旅程實在太遠太遠了，而他們已經很久沒有吃東西了，他們的體力越來越弱，因此游得越來越慢。

過了中午，陽光褪了，風咻——咻——吹了起來，烏雲遮住了大片天空。突然間，一群歐卡向他們圍了過來。歐卡的目標是瀚貝克，他們先圍住瀚貝克，然後躍出水面，再重重墜落在瀚貝克的身上，將他往海水裡壓。瀚貝克媽媽不停發出尖銳嘶吼的聲音警告，但是歐卡並不理會，也沒有停止攻擊。

於是瀚貝克媽媽急忙潛到水裡，從水中將瀚貝克推出水面，沒想到歐卡們攻擊得更猛烈了，瀚貝克媽媽只好在水中接住瀚貝克。歐卡們一次又一次的攻擊，瀚貝克媽媽也一次又一次的接住瀚貝克。

不久，瀚貝克已經傷痕累累，眼看就快溺死了。這時，瀚貝克媽媽把握一個空檔，把瀚貝克頂出水面，瀚貝克總算可以呼吸。沒想到，歐卡群竟然轉向攻擊瀚貝克媽媽。

雖然瀚貝克媽媽的體型比歐卡大很多，但是她體力已經透支了，最後，她用盡最後一絲力氣，甩動尾巴，將瀚貝克推得遠遠的，接著，歐卡群一擁而上，撲上瀚貝克媽媽。

不知過了多久，風停了，天黑了，海面上連一絲月光也沒有，瀚貝克隨著海浪漂移，無聲無息的沉浮在一片完完全全的黑暗中。

隔天，耀眼的陽光穿過水面，驚醒了瀚貝克，他睜開眼睛，看見成千上萬的花瓣在他眼前飛舞。這些花瓣遍布整個海洋，在光線下，彷彿一座繁花盛開的花園。他眼睛一亮，是磷蝦！這是磷蝦！是數以億計，數也數不清的磷蝦。瀚貝克張開大嘴，盡情的享受這一頓媽媽和他約定好的大餐。

月圓了又缺，月缺了又圓。瀚貝克在這裡生活了一陣子，得到足夠的食物和休息，他的傷漸漸好了，也比以前更健壯了。但是瀚貝克十分想念媽媽，他不明白，為什麼歐卡會攻擊他們？為什麼海神沒有眷顧他們？瀚貝克決定去找海神問個明白。

磷蝦漁場裡，其他的鯨魚聽說了，紛紛嘲笑瀚貝克，他們說要找到海神是不可能的事，海神住在海洋中心的最深處，從來沒有人到得了，因為沒有人知道大海的中心在哪裡。

但是瀚貝克無法停止心底的疑問，他決定出發去尋找答案。

離開了磷蝦魚場，瀚貝克獨自在海上漫無目的潛游。月亮圓了一次又一次，卻還是沒有任何海神的消息，連他也開始懷疑，自己是不是太傻了？

有一天，瀚貝克聽到了一陣熟悉的聲音，是一隻歐卡正發出聲音呼朋引伴，準備發動攻擊，瀚貝克有點害怕，但是他不自覺的跟隨歐卡。他小心翼翼，遠遠的跟著那隻歐卡。

不久，他看到歐卡的目標——一隻落單的老海豹。這隻海豹單獨趴在一小塊浮冰上，其他海豹群正在不遠處。歐卡很快接近那隻落單的海豹，那隻海豹卻沒有注意到死神正在迫近，海豹群也完全沒有察覺。

瀚貝克心裡著急，於是發出一陣陣拔尖短促的鳴叫，聲音宏亮震耳，又急又快，使得其他海豹發現了歐卡。成千上百隻的海豹一齊跳入水中，拍打出極大的水花，發出更大的聲響警告歐卡，歐卡勢單力薄，只得離開。

那隻老海豹隨後向瀚貝克游了過來，用一種溫暖和藹的聲音對瀚貝克說：「孩子，謝謝你！你救了我。」

瀚貝克不好意思的笑了笑說：「我只是發出聲音而已。」

「你的聲音是你最大的天賦，要好好善用它。」老海豹說：「為了表達我的謝意，我要送你一個禮物。」

「禮物？」瀚貝克說：「我不需要禮物，我只是做了一件對的事。」

老海豹說：「你不是要去找海神嗎？你會需要的。」

說完，老海豹親吻了瀚貝克，閉起眼睛喃喃念著咒語，等他張開眼睛時，他對瀚貝克說：「現在起，你擁有了控制浮冰的力量，你只要向浮冰發出請求，汪洋中的所有浮冰都會聽你的命令。但是記住，只有一次，你只能使用一次，一定要留著危險時再用。」

瀚貝克驚訝得說不出話，老海豹接著對他說：「海神住在水晶宮，當大海燃燒時，水晶宮就會開啟大門，那時你就可以見到海神了。」說完，不等瀚貝克回應，老海豹就消失在海浪中了。

雖然瀚貝克不知道老海豹怎麼曉得他要找海神，不過老海豹的話就像黑暗中的曙光，給他帶來莫大的希望，他開心的唱起歌來，那悠揚活潑的曲調，充滿朝氣活力的音色，彷彿輕快的小提琴。海上的鷗鳥們，也被這歌聲吸引過來，他們圍繞著瀚貝克，盤旋飛舞，為他祝福。瀚貝克也噴出巨大的水柱作為回報。

突然間，海浪傳來一波一波緊急的訊息，有一大群的歐卡正在獵捕灰鯨媽媽和小灰鯨。瀚貝克遲疑了一下，便急速往灰鯨母子方向游去，鷗鳥們警告瀚貝克，他們看到那群歐卡聲勢浩大，至少有十隻，不是形單影隻的瀚貝克可以應付的，但是瀚貝克沒有絲毫慢下速度。

遠遠的，瀚貝克看見了一排歐卡的背鰭，高高刺出水面，他們好像旋轉木馬，圍繞著小灰鯨，一潛一浮，忽隱忽現，將灰鯨媽媽和小灰鯨分開。接著，他們揮打強而有力的尾巴，掀起巨大的波浪震昏了小灰鯨，小灰鯨已經慢慢沉落水底了。

瀚貝克忍不住激動的情緒，急急躍出黑檀般的身軀，接著他發出驚天的巨鳴聲，咿呀─咿唷─咿啊─「浮冰啊！我需要你們的幫忙。」周圍的浮冰好像同時被磁鐵吸引，自四面八方紛紛往歐卡急速漂移，歐卡們受到這意外的突擊，不得不放棄這到嘴的獵物。

小灰鯨得救了！灰鯨媽媽抱起了小灰鯨，同時用背鰭輕輕撫拍瀚貝克。

「親愛的孩子，謝謝你！你救了我的寶貝。」灰鯨媽媽對瀚貝克說：「你用浮冰仙婆送你的禮物救了我們。」

「浮冰仙婆？」

「就是那隻老海豹，她管理浮冰已經超過一萬年了，大家都叫她浮冰仙婆。」

「那請問您是誰？您怎麼知道我的事？」瀚貝克好奇的問。

這時小灰鯨，已經恢復意識，輕輕靠在灰鯨媽媽的背上。

「我是小灰鯨的媽媽，不過，我同時也代替海神巡邏整片汪洋大海，大海中沒有我不知道的事。」灰鯨媽媽回答：「我也認識你的媽媽，在她很小的時候，我還和她一起玩過躲貓貓呢！」瀚貝克笑了，不禁輕輕靠向灰鯨媽媽。

「親愛的瀚貝克，要去找海神的路還很遠，這一路上還可能遇到很多危險，你得學會編織珍珠網，有了珍珠網，就可以保護你。」灰鯨媽媽接著說。

「珍珠網？那是什麼？」瀚貝克覺得很有趣，大海裡好多新奇的事呀！

「古老古老以前，所有的鯨魚都會編織珍珠網，我們將編織的方法一代傳給一代。可是這幾十年來，有很多鯨魚還來不及將珍珠網傳給年幼的鯨魚就死了，所以會織珍珠網的鯨魚也越來越少了。」

「是因為歐卡嗎？歐卡也害死了我媽媽。」瀚貝克悲傷的說。

「歐卡是殺了很多鯨魚，但大部分的鯨魚是被人類殺死的。」

「為什麼？為什麼人類殺這麼多鯨魚？」

「我們不了解人類，人類也不了解我們。不過，親愛的瀚貝克，我很高興能教你怎麼編織珍珠網，你會明白我們鯨魚是多麼有智慧。」

「現在，我要你集中注意，專心看我。」話才說完，灰鯨媽媽很快潛入水底，一邊噴出水柱，一邊快速的游動，在水中攪動水波，形成細細小小的氣泡，隨著速度加快，氣泡變得密密麻麻，越來越多。

「接著，你要祈求太陽或是月亮和星星，賜予你皎潔的光線，以你的歌聲，將日月星辰的光線穿過氣泡，編成一面珍珠網。」灰鯨媽媽仔細的教瀚貝克試了幾次。最後她叮嚀瀚貝克：「跟著海底發光的貝殼前進，就能找到水晶宮了。」

灰鯨媽媽帶著小灰鯨離開後，瀚貝克一路跟著海底發光的貝殼前進。在又深又黑的水底，有時候很容易看到閃閃發光的貝殼，但有時候，貝殼的光很微弱，或被沙石覆蓋，那就很難發現。因此瀚貝克尋尋覓覓，走走停停。

這天，滿月的光輝，黃澄澄、亮晃晃灑在海面上，貝殼微弱的光暈都被掩蓋住了。瀚貝克正擔憂找不到發光的貝殼時，突然看見前方的海底出現了銀光閃閃的小魚，銀魚的數量龐大，不知被什麼東西追趕著，全都慌張的繞著圈圈游來游去。

瀚貝克仔細一聽——又是歐卡！歐卡家族正在狩獵！他們追蹤銀魚，然後集體圍捕銀魚，準備大肆獵殺。

歐卡也注意到瀚貝克了，其中幾隻歐卡轉向瀚貝克發動攻擊，瀚貝克想起灰鯨媽媽的話，他動作俐落，迅速在海底製造出又多又密，又細又小的水泡，接著他唱著：

日光月光星光線，
細細微微看不見，
聽我歌聲穿水間，
編成珠網變化千。

剎那間，所有的氣泡被月光線穿成一件巨大的氣泡網，將瀚貝克和所有的銀魚們都網羅在這熠熠生輝的珍珠網中。歐卡們只見耀眼奪目的水泡，卻怎麼也看不到銀魚和瀚貝克了。

瀚貝克和銀魚等歐卡走了，才慢慢從珍珠網中探出頭來。數以萬計的銀魚群一擁而上，將瀚貝克團團圍住。一隻戴著王冠的銀魚游過來向瀚貝克道謝：「你救了我們整個銀魚王國！」

「那是灰鯨媽媽的功勞。」瀚貝克開心的說，接著便向銀魚王說起他的奇遇。他說得眉飛色舞，又比又唱。最後，瀚貝克聲調一沉，苦惱的說：「不過，我現在找不到發光的貝殼了。」

銀魚王大笑了起來，連王冠都震動了：「交給我們吧！我們銀魚雖然體型小，可眼力好，游速快，最擅長找東西了。」銀魚王一聲令下，瞬間所有的銀魚同時消失在瀚貝克的視線。

沒多久，銀魚們沿著發光的貝殼排成一條銀光閃閃的路，這銀光點點的路不斷往前延伸，直到消失在海底平線。

「出發吧！銀魚們幫你找到所有發光的貝殼了，只要沿著銀魚的光點，你就能到達水晶宮了。」銀魚王說。

瀚貝克開心得一連翻滾了好幾圈。然後如飛鳥般，快捷游上這銀光爍爍的「星光大道」上。他迫不及待，全速前進，一心只想快點見到海神。

瀚貝克一口氣游過了綿延幾十公里的銀魚軌道，最後來到了一個海藻森林。這裡長著許多又高又大的海藻，有紅的、有綠的、還有褐的，叢叢層層，長得既茂盛又濃密。刺眼的陽光照進水間，各式各樣的魚兒穿梭在海藻之間——巨大的海龜和魟魚緩緩漂過；海馬、海牛、海鰻來來去去；還有海膽、海星、蝦蟹，在泥沙底下鑽進鑽出。巨大的、微小的；多彩的、單色的；曼妙的、怪奇的；認識的、不認識的……，所有的生物在這裡顯得不慌不忙，自在悠游。

瀚貝克看得目瞪口呆，他第一次見到這麼多采多姿，繽紛多樣的生命，眼前景象就像一幅油畫，更像夢境裡的世界。

正在他驚嘆之餘，一個巨大的透明海螺，巍巍聳立在海藻林後。他從來沒見過這麼大的海螺，他心想，這就是水晶宮了吧！但是要怎麼進去呢？

「浮冰仙婆說過當大海燃燒時，水晶宮的門就會開了。這到底是什麼意思？」瀚貝克喃喃說著。

「傻小子！」一隻金紫色章魚從水晶宮底下突然竄出，把瀚貝克嚇了一跳。

「這意思是說，只要太陽下山，火紅的光芒照在海面上，大海就會紅通通的，像著火一樣。這時候，水晶宮的門就會開囉！」

「這麼說，我現在只要等夕陽落入海面就好了？」瀚貝克看這隻金紫色章魚充滿智慧的眼神，毫不懷疑他的話。

「沒錯！不過你去水晶宮做什麼呢？」

「我要找海神。」

「你找海神做什麼？」

「歐卡向來不會攻擊大翅鯨的，為什麼這次他們攻擊我，還害死了我媽媽。」瀚貝克把自己的遭遇從頭說了一遍。

「傻小子！」金紫色章魚意味深長的說：「你的旅程就是答案呀！」

「什麼？」瀚貝克一頭霧水：「我的旅程就是答案？」

「為了找海神，你不是幫了海豹，救了灰鯨母子和整個銀魚王國嗎？」

「那是因為他們需要幫忙，我又剛好幫得上忙。」瀚貝克還是不懂。

「其他的大翅鯨並不會這樣做。雖然你們體型龐大，只要一拍尾鰭，就可掀起一股巨浪，那力道強大，連歐卡也相當畏懼。不過你們向來溫和，從來不會去干預歐卡的獵戰。」

「媽媽說過，我們幫忙傳遞海浪中的訊息，海神會眷顧我們，所以我們不必捲入歐卡的戰爭。」

「是的，你們的確受到海神的保護。但是這些年來，海生動物正急遽減少，連歐卡也不得不鋌而走險，攻擊大翅鯨。因此你們更需要互相幫忙，才能提高活命的機會。」金紫色章魚接著說：「我很難過你失去了媽媽，但因為你的救援，小灰鯨就能繼續和媽媽一起生活。如果其他大翅鯨也能像你一樣，對其他有難的海洋動物伸出援手，這不是很好嗎？」

「嗯！我真的很高興灰鯨媽媽和小灰鯨都平安無事。」瀚貝克點點頭說：「我們遇到歐卡那天，如果有其他同伴幫忙，也許媽媽就能和我一起到磷蝦漁場了。」

想起媽媽，瀚貝克覺得很難過，不過想到救了小灰鯨，他又覺得很光榮，那瞬間，金紫色章魚的話變得清晰起來。

「那我得走了。」瀚貝克忽然急著要走了，好像有誰正在呼喚他。

「你要走了?你不找海神了嗎?」

「你說的對，整個旅程就是答案，現在我沒有問題了。媽媽的死讓我明白，我也有能力可以幫助別人，說不定這就是海神給我們的新使命。」

瀚貝克划動雙鰭，往前游了幾下。忽然，他回過頭來對金紫色章魚說了一句話：「對我而言，你就是海神了，謝謝你!」

看著瀚貝克離去的背影，金紫色章魚呵呵笑了起來：「傻小子!」

海水一波波湧起落下，湧起又落下，日夜不停的流動，瀚貝克的故事傳遍了整個海洋世界。

今天，一樣是一個沒有光的午後，一大群歐卡盯上了落單的瀚貝克，就在瀚貝克不知所措，低低哀鳴時，他聽到了大翅鯨嘹亮激昂的歌聲，劃破海面，迎風傳來——那是一對成年的大翅鯨，他們一前一後迅游而來，為了瀚貝克而來，也是為了所有海生動物而來。

——本文榮獲一〇六年教育部文藝創作獎教師組童話類佳作

編委的話

●徐弘軒

雖然瀚貝克一直找尋答案，但是其實答案在整個旅程他就已經實踐，因為他能去救助需要幫忙的人。這篇故事告訴我們幫助別人就是在幫助自己，千萬不要吝於伸出援手。

●陳品禎

作者將瀚貝克因媽媽死掉的悲傷、困惑等情緒描繪得栩栩如生。讓我的思緒也隨之高低起伏。閱讀時，也間接了解大翅鯨的習性。在瀚貝克的旅行中我最喜歡的地方是其他動物送他的禮物或幫助他的行動，有點像闖關活動，很有趣。

●蔡銘恩

這篇故事似乎在隱喻著「犧牲小我，完成大我」的道理。

藉著這趟冒險，我相信瀚貝克應該改變許多，雖然歐卡表面上看起來是負面角色，但我覺得歐卡也是要生存，瀚貝克媽媽的死，不但幫助了其他動物，同時也讓歐卡家族能得溫飽。

卷三

青蛙噗通一聲湯

青蛙專屬的湯池，小而美，但餘韻悠長。

不得了的倔巫婆 ／王　蔚

◎ 插畫／劉彤渲

作者簡介

兒童文學作家，出版作品多部。近年出版《小書蟲的家》、《巫婆村》、《想當星星也可以嗎》、《馬公雞傳奇》等書。曾獲上海好童書獎、台灣國語日報兒童文學牧笛獎等獎項。新近創作《魔鬼樹》、《花瓶的一千零一年》等童話。

童話觀

兒童比成人更原始和天然，他們的想像力往往會突破現實的邊界，進入更開闊深遠的境地，童話正可以反映這一切，除了滿足他們的精神需求，更可以提升他們的內在境界，好的童話不需要向兒童説教，而是更多的接近和融入兒童的感受。

有人說倔巫婆是不開竅巫婆，倔巫婆聽了很不服氣，「我才不是不開竅，我是不得了巫婆，大家該來佩服我！」

倔巫婆讀到了一個老太太用鐵棒來磨針的故事，故事裡說，老太太是世界上最有毅力的人，真是不得了！倔巫婆決定要做這

樣不得了的人！讓大家好好看看。

她到城裡的鐵匠那兒買了最大的一根鐵棒，開始在路口的石頭上磨針。她想，不管誰路過這裡，都會問，「你在幹什麼呀？」

「我在磨針啊！」

「哇，這麼大鐵棒磨成針，你真是太厲害啦！以後我們要叫你不得了巫婆啦！」

但是，事情跟倔巫婆的期待總是不大一樣，每一個經過的巫婆，她們說的話都差不多，「你要用針，我借給你好啦，這樣磨，磨到哪一年？」

「你要用針，去買一根好啦，這樣磨，磨到哪一年？」

「你要用針，拿跟細小棒棒磨好啦，這樣磨，磨到哪一年？」

倔巫婆氣呼呼，誰都不理，心裡想，「我就不信！」一面加快速度拚命磨，「只要我真的把它磨成針，你們就該佩服我了，佩服得五體投地！」

磨呀磨呀磨，磨呀磨呀磨……

倔巫婆常常不吃飯，不睡覺，天天磨，月月磨，磨得頭髮倒豎，磨得咬牙切齒，磨得昏天黑地，磨得暈頭轉向，她心裡只有一個念頭，「你們會佩服我的，看我有多不得了！」

誰勸她停下來，那都是不可能的，倔巫婆的確不撞南牆不回頭。

有一天她終於昏倒在路邊，巫婆們七手八腳把她抬回了家，「不開竅呀不開竅，」她們搖著頭，給她灌水喝，讓她躺在床上好好睡覺。

很多天以後，倔巫婆醒來了，她拿起鐵棒，發現它才磨下去一小半，「不行！我要接著幹！」她扛著大鐵棒出了門，要讓大家看看，她是不會放棄的。

但是，巫婆們都商量好了，為了讓倔巫婆不再受罪，她們一見她就說，「可不是嗎？針已經磨好啦，不錯嘛，不錯嘛！……」

倔巫婆看著大鐵棒，將信將疑，可不是嘛？她都花了大半年的工夫，難道還沒有磨成針嗎？倔巫婆非常高興，她舉著大鐵棒，「嗯！好，我要用這根大針縫新裙子！」

巫婆們一聽，目瞪口呆，只能看著她扛著大鐵棒回家縫裙子。

倔巫婆的裙子非常難做，每一「針」下去，都非常艱難，而且布料上就會出現一個大窟窿；而且，這個大「針」也沒有針眼，她得用手把線穿過去，這個倒不算難，誰讓窟窿那麼大呢。

一個夏天過去，一個秋天過去，當冬天到來，倔巫婆終於穿著她的新裙子出門來，你可以說這是一條非常時尚的窟窿裙，非常另類，酷得不得了。這回，巫婆們都不說什麼打擊她的話，只是，倔巫婆自己受不了了，天正下著大雪，雪花一片片飄進窟窿裡，把她凍得……，她又一次躺在了床上，久久不能起來。

倔巫婆一直躺到第二年夏天，現在，陽光燦爛，天這麼熱，最最時尚的窟窿裙終於可以閃亮登場，倔巫婆現在身體康復，心情非常好，她走出家門，向大家展示。

巫婆們都不知說什麼才好，乾脆什麼都不說了，只有急巫婆沒忍住，她跑上來嚷嚷，「雖然你是不開竅，可你太會開洞洞了，真是不得了啊！」

——原載二〇一七年二月二十二日《國語日報・故事》

編委的話

● 徐弘軒

這個倔巫婆個性真是固執，都不理會旁人的說法。倔巫婆拿著大鐵棒去縫衣服，卻意外縫出夏天時尚的洋裝，這部分我覺得最好笑。

陳品禎

文章中的倔巫婆「人如其名」倔得超乎我的想像。原本倔巫婆要讓大家叫她不得了巫婆，但事與願違，倔巫婆硬是不肯放棄，凸顯了倔強的個性。有時候要聽一下他人的建議，別太堅持己見，不然有可能造成反效果。

蔡銘恩

巫婆前的「倔」字，寫明了這個巫婆的個性，巫婆在我心目中是恐怖、邪惡、狠毒，作者筆下的巫婆卻一點都不邪惡，她藉由東方的李白，和西方的巫婆，寫出東西混合的童話。

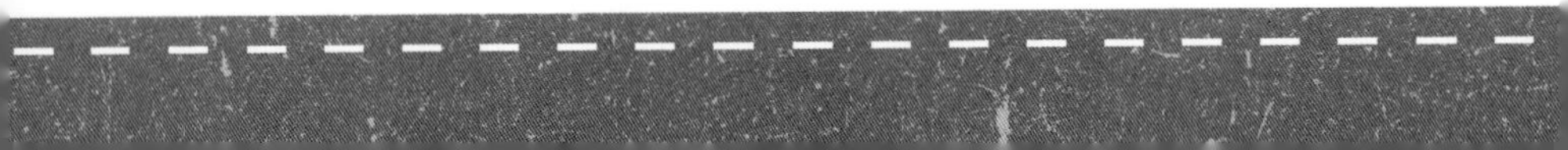

遁地蝠與飛天鼠

／王昭偉

◎ 插畫／李月玲

作者簡介

總是醉心於觀察動植物世界的大小事，並且希望能將這些從自然界得來的故事分享給讀者。更期許自己的作品充滿溫馨的情節與有趣的想像力，使故事更具綿密的情感，讓童話的翅膀能穿梭在現實與夢幻之間。

童話觀

童話是兒童幼時心靈的詩歌，培養一生無窮的想像力；

童話是老人兒時快樂的回憶，伴隨此生無盡的幸福感。

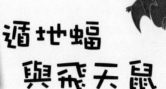

「啪……啪」一種類似螺旋槳的聲音從遠方的天空傳來。

正在大樟樹旁挖洞的遁地蝠好奇的抬起頭，看著遠方天空逐漸靠近的怪東西。

那東西最後停在大樟樹的枝幹上。現在遁地蝠看清楚了，那是一隻用尾巴捲著樹幹倒吊在樹上的「老鼠」！

「你是一隻老鼠嗎？」遁地蝠不敢相信自己的眼睛，怎麼一隻老鼠會和蝙蝠一樣倒吊著。

「沒錯，我是一隻老鼠，只是連我的同伴都懷疑。」飛天鼠感慨的說。

「你用尾巴飛行？」遁地蝠問得有些心虛，因為他深深懷疑剛剛是不是自己看錯了！

「對啊！我快速旋轉尾巴，它就會像直升機螺旋槳一樣讓我飛起來。」

「可惜我沒有像你一樣的長尾巴，不然就能向你學習飛行和倒吊樹梢的方法。」遁地蝠羨慕的說。

「向我學習？我看你應該是一隻蝙蝠吧？」

「對啊，可是只有我這麼想，其他的蝙蝠都不這麼認為。」遁地蝠無奈的表示。

「如果你是蝙蝠，飛行和倒吊樹梢正是你們的拿手絕活，為什麼還要向我學？」飛天鼠滿頭霧水。

「我不會飛，只會爬行和挖洞，而且不會倒吊，所以被其他蝙蝠趕出了山洞。」想起了往事，遁地蝠忍不住哽咽。

「我也一樣，不會挖洞卻會飛，其他的老鼠也認為我不像老鼠，所以把我趕出了老鼠國。」飛天鼠激動的說。

「原來這世界上居然有遭遇和我如此相似的生物。」遁地蝠和飛天鼠愈聊愈起勁，各自把從前不幸福的往事全吐露出來。

「大家都認為飛行沒有意義，會挖洞比較

重要！」在老鼠國飛行是沒有意義的，所以飛天鼠被認為是隻什麼都不會的笨老鼠。

就在這時候，飛天鼠突然鬆開尾巴，接著快速旋轉起來，飛向遁地蝠，然後將遁地蝠抱了起來，再以最快速的速度飛向天空。

幾乎就在同一刻，大樟樹旁的草叢裡竄出了一條大蛇，張開血盆大口差一點就將還在聊天的遁地蝠一口吃掉。

「我差一點就被吃掉了，真是謝謝你！」遁地蝠感謝的說。

「這是你第一次從天上看地面的景物吧？」飛天鼠好奇的問。

「景觀果然不一樣，真美！」遁地蝠讚嘆的說。

「我以為蝙蝠都靠聽力，沒想到你的視力還不錯！」

「所以我和其他蝙蝠不一樣！」遁地蝠終於發現和其他蝙蝠不一樣並不全是壞事。

看見大蛇離開後，飛天鼠抱著遁地蝠平安降落在樟樹旁。

「天空和樹上視野比較好，能夠提早發現危機靠近，所以能飛真好！」聽到遁地蝠的讚美，飛天鼠知道自己找到了知音，非常開心！

「不過會鑽地挖洞也是一項很重要的技能，因為天空太空曠，若是遇到敵人將會無處可躲。」飛天鼠雖然發現自己不再是其他老鼠眼中的笨鼠，可是他也知道不會挖洞的老鼠是很容易遭到天敵捕殺的。

就在這時，遁地蝠拉著飛天鼠衝進剛挖好的地洞裡，原來天上出現了一隻碩大的蒼鷹。

「你的視力真好！我都沒有發現蒼鷹已經出現。」躲進地洞的飛天鼠很訝異遁地蝠的好眼力。

「我是聽到蒼鷹翅膀拍動的聲音才發現的，別忘了我是隻蝙蝠，耳朵很靈敏的。」遁地蝠笑著說。

經過這些事情後，飛天鼠決定接受遁地蝠的邀請，住進他的洞穴裡，彼此互相幫忙，當對方生活上的好幫手。

當然遁地蝠是房東，他可是要向飛天鼠收房租的，飛天鼠的房租就是有空時要帶著遁地蝠到天上欣賞好美的風景，一起享受美好的生活。

——原載二〇一七年三月二十五日《國語日報・故事》

編委的話

● 徐弘軒

我覺得這篇故事裡的遁地蝠和飛天鼠都有點自卑，因為他們的能力都和自己的同類不一樣。但是他們後來發現，如果能善用自己的能力，彼此合作，互相幫助，也可以找到自己的價值。

● 陳品禎

作者突破了老鼠與蝙蝠原本該有的行為，讓他們的行為互換——蝙蝠會鑽地，老鼠會飛了。他們兩人都因自己與眾不同的能力而被族人趕出來，遇見了相同遭遇的對方。最後他們決定互相合作，以長補短，這樣的結尾，真好！

● 蔡銘恩

這篇童話雖然不長，但故事卻很吸引人，作者善用許多寫作的技巧與點子，把這篇童話寫得很有趣，讓人想繼續看下去。

舞人、異人與子人

／林世仁

◎ 插畫／劉彤渲

作者簡介

專職童書作家，作品有童話《不可思議先生故事集》、《小麻煩》、《十四個窗口》、《字的童話》系列；童詩《古靈精怪動物園》、《誰在床下養了一朵雲？》；圖象詩《文字森林海》；《我的故宮欣賞書》等五十餘冊。曾獲金鼎獎、聯合報／中國時報／好書大家讀年度最佳童書，第四屆華文朗讀節焦點作家。

童話觀

童話，是用「童心的話語」所創作出來的幻想故事。

童心，是以「新鮮的眼光」來看這個老舊的世界。

《洪荒玄冥錄》是一本記載上古神話的書，一翻開，許多玄人、異獸和神物就從紙頁中跳出來，像默劇一般在我眼前上演著奇妙故事。事實上，我得到這本書的過程，本身就很像一則神話：它是從夢中跌出來、滑到我枕頭上的！我想，它會從夢裡溜出來，是希望我把它介紹給大家吧？嗯，我看了幾則從書頁中投影出來的「立體默劇」，滿有趣的。這裡，就先跟大家分享「玄人」中的「舞人」、「異人」與「子人」。「玄人」應該是指「奇異的人」吧？至少，以下談到的人族，我就從來沒聽過。

舞人

舞人天生愛跳舞。

他們的舞姿有魔法，能幫靈魂上緊發條。

當他們跳起「風之舞」，風就鼓起勁，吹啊吹，吹得自己都停不下來。

當他們跳起「雲之舞」，雲就好歡喜，變出連自己都想像不到的新形狀。

他們一跳起「海之舞」，海就好興奮，把自己變得更深、更廣、更浩大。

他們一跳起「山之舞」，山就好安心，坐在大地上就更精神。

連太陽、月亮、星星看到舞人跳舞，都會忍不住把光調得更亮一些，想把宇宙照亮。

只有雨，懶呼呼，沒感覺，不想動。

它們停在空中發呆，不想下來。

天不下雨怎麼行呢？樹啊草啊河啊都會哭呢！

舞人想出各種「雨之舞」，雙手跳，雙腳跳，正著跳，倒著跳……雨仍然沒感覺，想睡覺。

怎麼辦？

「雨太懶了，我們拿個東西把它捅下來！」

舞人找來長竹竿，跳起竹竿舞，捅啊捅，捅著雨的小肚子。

「唉喲喲！」雨一邊叫，一邊往天上逃，更不想下來了。

「我們拿個長管子，把雨吸下來！」

舞人找來蘆葦桿，跳起「吸吸舞」，吸啊吸，想把雨吸下來。

「嘻嘻嘻，吸不到！吸不到！」雨縮起雨腳，跟舞人玩捉迷藏。

舞人想啊想，怎樣才能把雨請下來呢？他們去找馬，「馬啊馬，可以借我尾巴嗎？」

馬很大方，「沒問題，借你。」他們去找牛，「牛啊牛，可以借我尾巴嗎？」

牛也很大方，「沒問題，借你。」

舞人左手拿著馬尾，右手拿著牛尾，開始跳起「毛毛舞」。

「這是什麼舞啊？」雨很好奇，飛低下來看。

舞人繼續跳，雨繼續瞧。

忽然，「毛毛舞」變成了「癢癢舞」。馬尾巴搔到了雨腳，牛尾巴也搔到了雨腳。

「哇，好癢！好癢！停停停，受不了，受不了啦——」

舞人才不停呢！他們繼續跳，繼續搔雨。

雨好癢好癢，癢得都流出眼淚了！

「嘩啦啦！嘩啦啦！」

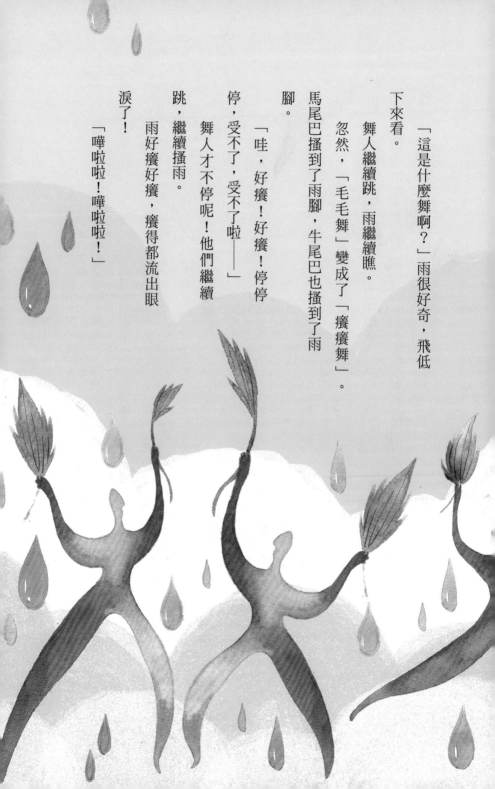

哇，下雨了！雨水嘩啦啦流下來，地上的動物、植物都好開心！

舞人也好開心，他們繼續跳。聽說，他們跳上了月亮，繼續跳著「癢癢舞」，搔著宇宙黑黑的小下巴。只要有星星忍不住，笑啊笑，掉下來……那麼，地上就會下起流星雨呢！

甲骨文「舞」：人拿著舞具（可能是牛尾或馬尾）跳舞，大多是在跳祈雨舞。

異人

異人很奇怪，只要戴上面具就有魔法。

他們的魔法只用在一個地方：嚇人！

不管是人、羊還是河裡的魚，都常常被異人嚇得以為見到鬼。就連獅子都曾經被他們的醜面具嚇得變成小花貓呢！

「吼——」異人從背後跳出來。

「哇——」馬嚇一大跳，影子抖啊抖，縮啊縮，竟然縮得比螞蟻小！

「吼——」異人從烏雲裡跳出來。

「哎——喔！」正對著月亮嚎叫的狼，聲音一下梗在喉頭，差點沒法呼吸。

「吼——」異人從樹洞裡跳出來。

「…………」小白兔沒發出聲音，直接往後一仰——昏倒了！

大家越害怕，異人越得意。他們一聞到恐懼的味道，魔法就更強大。

異人捨不得脫下面具。有面具才有嚇人魔法，誰捨得脫下面具呢？

大家都怕異人，異人卻很開心。只有一件事讓他們不開心：他們不知道誰是最可怕的異人？

有一天，異人決定舉辦一場「嚇人比賽」，看看誰最厲害？

所有異人都雙手一揚，張牙舞爪，施展出最嚇人的魔法。

最後，有三個異人進入總決賽。

第一個異人對著河水扮鬼臉，河水嚇得往後流。

第二個異人對著森林又吼又叫，樹木嚇得統統縮回地底下。森林轉眼竟然變成沙漠！

第三個異人對著湖水狂嘯，湖水嚇得變成水蒸氣紛紛消失，眼前只剩下一個大凹洞。

哇，三個異人都好厲害，難分勝負，怎麼辦？

他們決定互相嚇對方，使出最可怕的魔法……但是，他們誰也不怕誰。

吼得嘴巴乾，手腳甩不動了，他們坐下來，累呼呼的想：算了，大家一塊當第一名好了！

他們招招手，想喝水。一個小異人連忙捧著水走過來。

「哇，你的面具好可怕！」第一個異人跳起來。

「別——別用魔法水噴我，我投降！」第二個異人舉起雙手。

「嗚，我從來沒見過這麼可怕的面具！」第三個異人也認輸。

三個異人一起對小異人敬禮。「你是第一名！」

「可是我……」小異人好驚訝，連連揮著手說：「我，我沒戴面具啊！我……我的面具沒紮牢，剛剛被風吹跑了……」

什麼？三個異人又嚇一跳。這會兒，是真真切切的從心底嚇了一大跳！

原來，異人從小到大，天天戴著面具，連作夢都想著「面具魔法」。時間一久，竟然全都忘了自己的真正長相。

三個異人看看彼此，同時抬起頭，對著天空揮起拳頭。「喂，老天爺！您這樣嚇我們，也太過份了吧？」

從此以後，異人們再也不戴面具了。

不過，他們的後代還是愛嚇人。每次一嚇到人，他們的心裡就會浮現出一張搗蛋鬼的鬼臉呢！

甲骨文「異」字：戴著巨大面具、高揚雙手的樣子。

子人

世界上，只有動物會生育兒女，但是天地萬物並不嫉妒牠們。

因為天地萬物也有小孩，它們的小孩就叫「子人」。

子人，是男生，也是女生，他們是天地萬物共同的兒女。

天是他們的大父親，地是他們的大母親。

風在空中奔跑，大聲喊：「兒子啊兒子，你在哪裡？」
子人就招招手說：「風爸爸，我在這裡。」
風吹過來，子人就跳到風的背上。
風開心的載著子人到處跑，呼一下在這，呼一下在那。
「兒啊兒，我把你的頭髮吹開來。以後，你想飛，擺動頭髮就能輕輕飛。」
子人就擺動頭髮，輕輕飛起來。

大海在遠處呼喚：「女兒啊女兒，你在哪裡？」
子人走進海裡，「大海母親，我在這裡。」
大海就把她抱在懷裡，盪啊盪，盪過大海浪，潛進大海溝。
「女兒啊，我把你的手腳揉順開來。你想潛水，擺動手腳就可以到處游喔！」
子人就擺動手腳，離開大海媽媽的懷抱，在海裡四處玩。

山爸爸說：「兒子啊，快來幫我捶捶背。」

子人就從山腳跑到山頂，快快跑，用力踏。

山就舒服的說：「兒啊兒，謝謝你。等你長壯一點，要揹爸爸出去玩喔！」

子人點點頭：「沒問題！有一天，我一定可以揹山爸爸出去玩。」

大石頭一曬暖身體，就大聲問：「兒啊兒，你在哪？」

子人就跑過去抱抱它，「石頭媽媽，我在這裡。」

大石頭就把身上吸滿的太陽光，統統摟進子人的胸膛裡。子人在夜裡就蹦啊蹦，跳啊跳，好像地上的小流星。

子人玩累了，躺下來休息，小花就在他耳朵邊說故事。「兒啊兒，要小心玩耍，不要到太危險的地方，不要跑太遠。」

「放心，小花媽媽，我會照顧自己呢！」

子人好幸福，不論走到哪裡都有爸爸媽媽。

有了子人，天地萬物都好幸福。它們跟動物一樣，也有兒女呢！

只是，每個爸爸媽媽都希望子人陪著他。

「兒啊兒，不要走！」

「兒啊兒，你好久沒來看我了！」

「兒啊兒，你再多住幾天嘛！」

只有天空爸爸和大地媽媽最開心，子人不論走到哪裡，都在它們的懷裡。

子人太可愛了，最後，連太陽看到都忍不住說：「子人，你們來當我的兒女好不好？」

「好啊！太陽爸爸。」子人點點頭，擺動頭髮飛到太陽懷裡。

陽光把他們照得胸膛好亮，亮得子人胸口起了大震動！溫暖的震動讓他們頭髮不停飄動，手腳不停舞動。

他們從天上往下看，看著森林看著河海，一種新奇的大感動讓他們興奮起來。

「我們也要跟天地萬物一樣，我們也要當爸爸、當媽媽！」

子人不想再當大家的兒女了。才這麼一想，子人就從天上掉下來。

想當爸爸的，變成了男生；想當媽媽的，變成了女生。

世界上出現了一群新鮮人。

男生和女生結了婚，生下小孩。小孩天天哭哭啼啼，忙得爸爸媽媽團團轉，再也沒有時間和天地萬物打招呼了。

一代又一代，子人的後代變成了人子——每一個都是人類的小孩，他們都忘了自己曾經是子人。

只是，有些人子走進大自然，會莫名感到一陣感動。好像風在跟他說話、樹在跟她說話……好像天地萬物都在跟他們說話。

說什麼呢？聽不明白，但是他或她卻覺得自己好像回到了母親的懷抱，感到很安心、很舒服。

這時刻，天地萬物都好開心。雖然人子聽不見，它們還是很興奮的在人子耳邊呼喚，一遍又一遍的反覆說著：「兒啊兒，歡迎回家！」

金文：「子」字（大概是古代最可愛的「子」字）。

——原載二〇一七年三月《未來少年》第七十五期

編委的話

●徐弘軒

舞人這一故事想像力十分豐富，看到舞人搔癢宇宙，星星掉下來那一段真是有趣。異人這一篇故事，在嚇人比賽中，獲得第一名的竟然是沒有戴面具的小異人，出乎我意料之外。看完最後一篇子人，我覺得我們應該跟子人一樣，多多回到大自然爸爸媽媽的懷抱。最後註釋中甲骨文的舞、異，金文的子，和故事情節內容十分貼近，我覺得很酷。

●陳品禎

作者以甲骨文和金文各自編成一篇故事。這種故事都帶有些神祕、懸疑感，很像神話。文中，「異人」這一段的結局讓我覺得好笑：沒戴面具的小異人能比那三個異人還可怕的話，原因就只可能是那小異人太醜，不然就是異人本來就長得很醜。

●蔡銘恩

這篇童話描寫出舞人、異人與子人的生活，他們的生活個個都很特別，這篇文章簡單，卻又讓人不覺得單調，文字簡潔易懂，不囉嗦，令人想再看下去。

—主編的話—

今天來泡童話湯！

亞平

許多大小朋友都喜歡看童話、賞童話；不過，有泡過童話湯嗎？想像一下吧，熱呼呼的溫泉湯、濃烈嗆鼻的硫磺味、水花溼潤的觸感、外加身心全然放鬆～然後是一個個童話人物登場了：大翅鯨、倔巫婆、河童先生、年獸、大野狼……是的，他們也來陪你泡湯了，一邊翻滾著，一邊訴說著可愛逗趣的故事。別被他們故事中的形象騙去了，小心，他們可調皮著呢，潑水、戲水樣樣來；如果你不認輸，想要來一場水中大戰，哈哈，完全奉陪！

心動了嗎？

今天，就來泡泡童話湯吧！

不過，泡湯之前，請先閱讀一下說明須知哦！

一、挖湯的人

今年非常高興和三位小主編：品禎、弘軒、銘恩，一起榮膺「挖湯的人」。挖湯真辛苦，得要閱讀上百篇的童話作品，寫些心得，發表感想，才能夠挖選出心目中最純淨、最優質的湯脈。

一開始，我們是採用「讀書會」的方式，每個月一次，談談這個月中刊出的童話作品的好壞。慢慢的，小主編們對於好作品有了一定的共識，文類的判斷敏銳，好壞也有自己的標準，討論會便改成二個月或三個月一次，腦力激盪，評選出最佳童話來。

初期，入選的作品要必須四票通過才能選上；但是後期的文學獎作品中，共識不易，只要有三票同意票，就可進入優選區。

至於選評的標準，我們在期初也曾討論羅列了一些基本準則，如：文字流暢、有想像力、題材有新鮮度，好看有趣等；但是等看到一定的量後，發現這些原則全內化到直覺上去了，小主編還是會直接的以「喜歡與否」做為判斷的標準；這時，討論就是一個很好的方式，透過講述優缺點，可以清楚的理解小主編的判斷準則、思考理路、盲點，或者是否私心偏愛等。還不至於到劍拔弩張的程度，不過，反覆述說的狀況下，每個故事的重點被提出來了，被闡述了，被激盪了，語文的閱讀力、鑑賞力也就在這之中慢慢的提升了。

二、童話湯哪裡來？

相較於碳酸氫鈉泉、硫磺泉……等露頭開採不易，童話湯的來源可是十分簡易。只消打開兒童版的報章、雜誌，哈哈，就有一窪清淺可人的童話湯和你晶瑩照眼了。也許是深深的一泓，也許是淺淺的一盅，不管如何，在這出版大崩壞的時候，還能有童話湯泉湧出來，源源不絕，實屬不易！

今年童話湯的重要源頭有三：

1. 報紙：《國語日報》107篇、《更生日報》11篇

2. 雜誌：《未來兒童》12篇、《未來少年》8篇、《小典藏》1篇、《少年飛訊》12篇、《地球公民月刊》4篇、《兒童哲學》6篇。

3. 文學獎：教育部文藝創作獎6篇、台中文學獎7篇、鍾肇政文學獎3篇、台南文學獎5篇。

合計182篇。

這樣的童話產值，和去年相較，算是持平表現；但如果把大環境的條件算進去，我以為這樣的數字是可喜的；畢竟，這些作品是第一線的產出，它們的刊登與閱讀代表著有被持續看見的可能；當然，對創作者的鼓勵更是不言而喻——舞台越大，上台的人越多，能進入第二線的出版機會也將更大。

三、童話湯成分分析懶人包

1.創作題材的多樣性：

基本款的「動物系列」：小松鼠蜘蛛蝙蝠無尾熊小舞猴蝸牛小蚱蜢小金龜歐巴虎等；入門款的「人物系列」：大小和尚唬姑婆河童先生機器人公主王子等；經典款的「魔法系列」：魔女巫婆精靈妖精等；限量款的「無生物系列」：文字小綠人圓規算盤等；這些題材，都沒有缺席。

其中，我覺得難能可貴的是：超值款「海洋系列」：大翅鯨、鯨鯊、美人魚等。海洋生物受限於海洋，角色的開展不如「動物系列」來得揮灑自如，要寫得好，不容易；但今年，光是以「大翅鯨」為主角的童話就有兩篇，兩篇都在水準之上，融合「生態知識」和「想像趣味」於一爐，是今年最為超值推荐。

2.科幻作品增多：

科幻作品以「想像力」為沃土，一直是童話／少年小說亟待耕耘的場域。今年的科幻作品就有十篇：《國語日報》三篇，《未來少年》一篇、《地球公民月刊》四篇、《小典藏》雜誌一篇、文學獎一篇。其中，機器人的題材更多達四篇。這些作品雖沒有全被選入年度童話選中，但看得出來創作者對「機器人」、「未來」題材的喜愛；科幻作品的增多，也為童話品類擴大版圖，更新閱讀經驗。

3.從童話看社會縮影：

社會性議題一向較難融入童話品類；但今年的作品中，有幾篇關切了社會現狀：〈便利之門〉探討便利店v.s家庭功能、〈忘了魔法的巫師〉探討老人失智、〈三隻大野狼的真實故事〉呼應關懷老人議題、〈達爾文蒼蠅〉、〈宅神地基主的願望〉倡言環保等。這些主題在童話外衣的包裝下，既有趣味性，也關切到重點，更重要的是，它們穩健的將兒童的目光從想像面拉到現實面，為日後的社會議題關注，鋪下椿石。

4.系列童話表現搶眼：

短篇童話（一千三百字）不好寫；長篇童話（五千字以上）也不好寫。今年有一些創作者，利用定期連載的方式，成功的打造了系列童話，既有短篇童話的精巧，又有長篇童話的豐富多元，好幾篇都在我們複選的名單中。不過，囿於每位創作者只能選一篇的規定，只能忍痛割愛，但不吝推荐如下：王蔚的〈巫婆〉系列、林世仁的〈大和尚小和尚〉系列、〈字的童話〉系列、岑澎維的〈不會魔法的泰娜〉系列、姜子安的〈半仙媽與機器人孫〉系列。

5.文學獎作品表現亮眼：

相較於報紙和雜誌上童話作品偏向「甜」口味，文學獎的童話作品則屬於「綜合」

口味。它們的主題明顯，情節設計感比較強，藝術性完整。在篩選的過程中，大小主編都感到為難。不過，童話本身就蘊含了非常多的「可能性」，越能開發童話的「可能性」，越能看出童話的深邃內涵。今年，教育部文藝創作獎的童話作品表現最為突出，好看又有趣，六篇中就選了三篇，水準齊整。

6. 遺珠之憾：

有篩選，就會有遺珠。「堅持」和「妥協」是身為編選者最感為難的一件事，因為要放棄自己心儀的作品，實在很痛苦。為了讓心中不會有遺憾，藉這小小的篇幅條列一下心中的遺珠作品；當然，也希望作者們能繼續努力，明年，化遺珠的遺憾為珍珠的喜悅。

〈賣仙女棒的小女孩〉——平淡中見淳厚；〈我要大睡三百天〉——把「賴」寫進童話裡，有現代感；〈無尾熊找紙飛機〉——每一節車廂都充滿著想像力；〈圓規仙子〉——溫暖有情、〈算盤法拉利〉——老東西新撞擊、〈唬姑婆的故事〉——小男孩的思維、機智可愛。

7. 年度童話獎

今年的年度童話獎，戰況膠著，是〈沒鰭〉和〈便利之門〉的一對一殊死戰。

前者寫大翅鯨的故事，完美的將大翅鯨生態習性融入故事中而不枯燥生澀；筆法含蓄蘊藉，故事活潑有趣，波瀾壯闊、格局宏大。故事中看得到主角的歷練和成長，而〈沒鰭〉究竟是好人、壞人的選擇題更帶給讀者們深思。

後者寫的是現代童話，主要探討的是便利店林立的社會現狀和家庭功能的失衡。全文洋溢著黑色幽默，互文形式看得出作者的用心巧思，節奏明快，筆法銳利，有科幻的趣味，有古典的深情。故事的主題表達了孩子們對愛永遠的需求和渴望。

最後的決選結果，三票對一票，〈沒鰭〉勝出。

非常開心，在歷年來的年度童話獎作品中，唯一的一篇海洋題材——〈沒鰭〉大氣又從容的游進了童話史中；更恭喜素宜老師，戮力耕耘童書領域多年，不管是在兒童散文、童話、少年小說中，都有出色的代表作，且寫作題材一再更新，挑戰自己，也挑戰潮流，榮獲年度童話作家，實至名歸。

8.向作者致意：

泡湯愜意，調配湯方的人可辛苦著呢！

成名的大家，維持著一定的創作水準；文學獎新秀，有著亮眼表現；而在這之間勤奮努力，一篇一篇慢慢累積作品的作家們，更是不可以忽視：王家珍、劉碧玲、施養慧、黃文輝、王宇清、顏志豪、陳昇群、蘇善、林加春等，很可惜，一步之距、未能選入佳作；希望明年還有機會，試試你們精心調配的絕妙好湯！

四、來來來，泡湯囉！

今年的童話湯共有五種湯方，任君選擇：

1.星際忽嚕嚕湯：在湯池裡丟星球、轉天使、玩任意門，穿梭時空，任意暢快。
2.海洋攪一攪湯：整個海洋就是你的湯池，所以，大翅鯨游來時，請讓讓。
3.青蛙噗通一聲湯：青蛙專屬的湯池，小而美，但餘韻悠長。
4.眼淚池子湯：一邊泡，一邊流眼淚。不是因為熱氣逼人，是太感人了。
5.不老湯：不老的題材，不老的人物，泡過之後，心也不老。

★泡湯注意事項：

空腹不泡湯。

泡後三十分鐘，一定要起來動動手腳，轉轉眼睛。

泡完多喝水。

好湯，歡迎呼朋引伴，奔相走告。

童話，美麗的寶石！

徐弘軒

為了養成我和哥哥的閱讀習慣，從小媽媽就會要求我們，每天早上吃早餐時，都要閱讀《國語日報》。我喜歡看《國語日報》的漫畫版、兒童園地，還有童話版。後來我偏好閱讀超現實的科幻故事及有趣的童話。我覺得童話是一個虛幻的世界，在童話的世界裡，我可以是擁有超能力的天神，也可以會說話的小動物，還有可能是擁有魔法的巫婆。在我心中，童話像寶石一樣，悲傷的童話像藍寶石，活潑熱情的童話像紅寶石，神祕帶點恐怖的童話像黑曜石，給人力量的童話像黃金一樣閃耀，充滿正義的童話像鑽石一樣明亮。

我心目中的好童話要能有扣人心弦、趣味性高、具有想像力的特質，而且讀者讀完後能留下深刻的印象，最重要的是會讓人想一看再看都不會膩。我覺得趣味性最高的李治娟老師寫的〈三隻大野狼的真實故事〉，這篇故事是改寫三隻小豬、七隻小羊、小紅帽與大野狼的故事，把這些故事融入了現代的生活中，給人耳目一新的感受，也讓我思考到現代生活中需要注意的一些議題。作者運用有趣、詼諧的手法來書寫，看完之後不禁讓我會心一笑。

最有深度的是子魚老師的〈哲學家〉，故事裡提到的人生的啟示，一個是永不放棄；一個是換種方式去做，給了我一種啟發，原來大自然真是我們最棒的老師，而且千萬不能小看自己。

最特別的是〈鑽石星〉，四人接力完成的童話故事，卻能一氣呵成，十分流暢。故事帶點科幻的寫法，是我最喜歡的部分。

謝謝亞平老師和媽媽給我機會擔任童話小主編，讓我可以閱讀到這麼多的童話故事，謝謝和我一起討論童話故事的另外兩位小主編，雖然一開始總是意見紛歧，最後總是能達成共識，也讓我學習到了從不同的角度去看童話。

這一年來我閱讀了許多不同類型的童話故事，有的讓我捧腹大笑，有的讓我流下眼淚，有的給我溫馨的感覺，有的給我無限的省思。透過這次小主編的活動，提升了我閱讀童話的功力，讓我不再只是隨意瀏覽、打發時間，而是深深的去體會，感受童話故事帶給我的美妙。

剎那的靈感，動人的童話！

陳品禎

從小我就愛看書，到了小學四年級，開始喜歡閱讀少年小說，因為它的字數較多，故事情節更生動細膩。但這一整年下來，接觸了大量的童話，卻讓我改觀了。童話，是所有故事、小說的基底，尤其是奇幻小說。童話的字數雖然較少，卻更簡潔有力，因此，童話的魅力是不容小覷的。

在選評作品時，我會先看內容有沒有趣味性、情節老不老套，這對我來說很重要。如果趣味性低，那就稱不上是童話了；童話可以呈現作家天馬行空的奇思妙想，越離奇就越有趣。若是題材不新穎，就會讓我的興致大打折扣。接著是用詞與感受度，如果文章用詞優雅有深度，讀起來就會賞心悅目；但是若用詞較平淡無奇，我看了就毫無喜悅之情。我認為看作品時的感覺和作者的用詞習習相關，令我感覺溫馨、愉悅的作品，我會一而再、再而三的閱讀。最後，讀完作品後，能帶給我省思的、使我動腦思考的，或是能增加我知識的作品，我更會極力推薦。

在所有的故事中，我最喜歡的兩篇是〈便利之門〉和〈沒鰭〉。〈便利之門〉讓我意識到我有多麼依賴便利商店，因為我常一放學就往便利商店跑，還希望早、晚餐都能在便利商店解決，有時甚至會因為媽媽拒絕我的要求而擺臉色給她看。〈便利之門〉讓我慢慢覺察了這種狀態，讓我知道為了這種事而惹媽媽生氣，根本不值得！我最近已慢慢遠離了便利商店的誘惑。〈沒鰭〉是篇能讓人深思的好文章。人類為了自己的利益而殺害動物，使得許多動物瀕臨絕種，需要加強保育的動物越來越多，大翅鯨就是其中之一。假如，某天在世界上再也見不到大翅鯨的蹤影，是該怪誰呢？吃魚翅、魚肉的人？獵殺大翅鯨的漁夫？還是視而不見的我們？大家應該要避免吃像魚翅這類的食材，給牠們留條活路，才能讓寶貴的生命生生不息的繁衍下去。

從評選童話的過程中，我不僅增加了想像力，更學習到許多獨樹一格的寫作技巧，最重要的是讓我享受無盡的閱讀樂趣，使我樂在其中呢！這個特別的經驗，使我獲益匪淺。當小主編令我對童話的鑑賞力增加，以後也能推薦好童話給別人閱讀。

我很佩服作家們能抓住剎那的靈感，寫出動人心弦的故事。以我自己寫作文的經驗是當靈感來敲門時，我渾然不知；當靈感離開時，我才懊悔不已。如果我將來想當個好作家，一定要再多多觀摩，多多努力！

千變萬化的萬花筒

蔡銘恩

童話，有如萬花筒，千變萬化，也是一個充滿想像的世界。在一個偶然的機會下，很榮幸能成為小主編，這是我第一次在一年中吸收了這麼多童話，我喜歡讀童話的原因，是因為它可以在一定的範圍內，不必跟著邏輯走，也能顛覆對某種事物的刻板印象，展現出現實中的另一面。

每當我讀完童話時，我會對附近的東西感到充滿著生命力，以下是我認為童話應該具備的一些條件：

一、不可以太過於學術。

二、劇情不可以太容易被猜到。

三、可以與傳統童話一併結合，如〈便利之門〉。

四、可以在情節中加入一些問題給讀者們思考。

當然，遠遠不只這些，我相信好的童話，大人、小孩皆愛讀，大人不會感到很幼稚，小孩也不會覺得太深奧，文章的內涵也是很重要的，最後，可以加入作者想對讀者表達的含意。

在這次的童話選裡，我最喜歡許姿閔的〈便利之門〉，她的寫法我覺得很特別，這篇童話與眾人皆知的《糖果屋》做結合，並以同步的方式，描寫出童話的來龍去脈，裡頭的人物我也覺得塑造得很好，這裡的巫婆我覺得很有趣，她似乎也隨著時代走，便利商店的巫婆，並非是指甲尖尖長長，或是騎著掃帚的，而是穿著商店制服，站在櫃檯前為客人服務，雖然樣子不太像巫婆，卻也完美的詮釋了這個角色，到了最後，又對讀者傳達了家是一個不可取代的地方……。

在選出這次的年度童話獎之前，〈沒鰭〉和〈便利之門〉一直在我心裡舉棋不定，雖然最後我選擇了〈便利之門〉，但因為其他主編都選擇了〈沒鰭〉，最後，也恭喜年度童話獎由〈沒鰭〉獲得。

在擔任小主編期間，我學習了很多能力，不論是鑑賞能力還是寫作能力，都有明顯進步，當然，更要感謝老師以及其他兩位小主編。

一〇六年童話紀事

◎陳玉金

一月

●三至二十二日，國立台灣圖書館雙和藝廊展出「波特女士誕辰一五〇周年巡迴展——走入小兔彼得的世界」。

●十一日，繼二〇一六年一月首度發行一至六冊的《台灣兒童文學叢書》，國立台灣文學館在二〇一七年與小魯文化共同出版本叢書的七至十冊為林立、劉興欽、黃基博及林煥彰四位資深兒童文學作家作品：《兩個衛兵》、《動物越野大賽》、《跟太陽玩》、《紅色小火車》等，前兩冊為童話集，後兩冊為童詩集，同時與台灣首部兒童文學作家全集《林鍾隆全集》於台北齊東詩舍聯合舉辦新書發表記者會。與會者有國立台灣文學館廖振富館長，作家學者：林立、劉興欽、林煥彰、林文寶、楊茂秀、陳正治、曹俊彥、傅林統、洪文瓊、謝鴻文等人，林鍾隆家屬。

●二十一至三月五日，桃園展演中心展出「桃園插畫大展——亞洲崛起」。展出二五〇位來自不同國家插畫家的作品。展區結合動畫、電影、實境展示等。

●王文華著、BO2圖，《王文華說節日童話：熊大偉的南瓜面具》由康軒出版。

●王文華著、陳志鴻圖，《王文華說節日童話：湯圓小仙有辦法》由康軒出版。

●林立著、廖書荻圖，《兩個衛兵》由小魯文化出版。

●李光福著、徐建國圖，《聖誕老婆婆》由小兵出版。

●陳碏著、法蘭克圖，《記得》由小兵出版。

●劉興欽，《動物越野大賽：漫話十二生肖》由小魯文化出版。

二月

●八至十三日，台北國際書展在台北世貿舉行。一館「我們的閱讀時光」展覽，以呈現一九五〇年以後的台灣閱讀風貌及演變為主。

●十日，第二十五屆台北國際書展「二〇一七圖書館論壇——出版社與圖書館攜手共創閱讀新視野」，分別就議題一「出版社／書店推廣閱讀．振興出版」與議題二「圖書館活化閱讀．活絡出版」由各界代表發表論點，其中出版社代表，沙永玲談「中小學新生閱讀推廣計畫：兩岸三地狀況的觀察」。

●十四日，二〇一七年義大利波隆那兒童書展「台灣圖像森林主題館出版社區與插畫家區」參展評選結果公布，總計選出十一家出版社、四十一本書，評審在務實考量下，入選類型以最具有跨文化實力的圖畫書、圖文書為主。

●二十四至四月二十六日，《波隆納世界插畫大展》五十週年巡展於華山展出，包含台灣插畫家入圍者九子（黃鈴馨）、陳又凌、鄒駿昇、王書曼、黃雅玲、吳欣芷及黃郁欽等人作品。

●林哲璋著、BO2圖，《用點心學校8：包在我身上》由小天下出版。

●亞平著、李小逸圖，《貓卡卡的裁縫店》由小天下出版。

●鄒敦怜著、阿加圖，《棕熊先生出任務》由小螢火蟲出版。

三月

●十日，九歌出版社主辦「九歌一〇五年度文選」得主揭曉，於台北市紀州庵文學森林舉行新書發表會暨贈獎典禮，其中童話獎由賴曉珍〈紙男孩〉獲得。《九歌一〇五年童話選》由王淑芬主編以及三位兒童編輯林咨邑、莊蕙瑄、劉奕萱共同參與編選，除了童話獎賴曉珍的作品之外，收錄：陳昇群、曾佩玉、姜子安、劉保法、任小霞、蘇善、林佳儒、王文華、周姚萍、周銳、黃文輝、傅林統、鄭宗弦、陳志和、林佳樺、黃培欽、林世仁、林纓、王昭偉、岑澎維、王喻等人的作品，並收錄謝鴻文整理一〇五年童話紀事。

●王文華著、麻三斤圖，《第二隻夜鶯》由小螢火蟲出版。

●管家琪著、蔡嘉驊圖，《猴子裁縫的絕活》由幼獅文化出版。

●游珮芸總編輯，《竹蜻蜓．兒少文學與文化》第三期「原住民兒童文學新視界」，由國立台東大學兒童文學研究所出版。

四月

●三至六日，義大利波隆那兒童書展舉行，鄒駿昇《禮物》榮獲二〇一七年拉加茲童書獎「藝術類」評審特別推薦獎殊榮。插畫家鄧彧〈回家〉與吳睿哲〈牧羊人說再見〉入選波隆那插畫展。台北書展基金會邀請藝術家鄒駿昇擔任策展人，以「台灣繪本美術館」概念，由三十位創作者一三六件作品、十八家出版社六十一本具有原創精神的繪本出版品，在「台灣繪本美術館」展出。

●十五日，第二十九屆信誼幼兒文學獎舉行頒獎典禮，總計收到三四五件作品，初審評委選出三十五件入圍，包含圖畫書創作獎二十件，圖畫書文字創作獎十五件，決審評委選出三件《月亮想睡覺》、《等等》、《討厭王子》獲得圖畫書創作佳作獎，《我不喜歡下雨》為圖畫書文字創作唯一佳作獎。

●二十二日，「好書大家讀」二〇一六年度最佳少年兒童讀物得獎好書舉行頒獎典禮。評審委員從七十、七十一兩梯次由出版社參選總計一八二六冊：知識性讀四五九冊、文學讀物六一六冊、圖畫書及幼兒讀物七五一冊。選出四三四冊好書推薦，再由兩梯次好書選出年度最佳少年兒童讀物：文學讀物A組（單冊）得獎十六冊、文學讀物B組（單冊）得獎三十二冊、知識性讀物組（單冊）得獎二十四冊、圖畫書及幼兒讀物組（單冊）得獎四十六冊。總計一一八冊年度最佳少年兒童讀物。文學A組包含小說類，文學B組分為「詩與韻文」、「故事」兩大類，「童話」被歸類在「故事」類。

●台南二〇一七「優質本土兒童文學書籍徵選」入選書單，選出七十五冊，其中童話類共十一冊：鄭宗弦著、許珮淨繪《快樂點心人：喜歡你》，張嘉驊著、黃祈嘉繪《恐龍阿瓜和他的大尾巴》，管家琪著、張霸子繪《收集膽小鬼》，林滿秋著、徐銘宏繪《星空下的奇幻旅程：蜥蜴女孩&羊駝男孩》，王文華著、黃祈嘉繪《第100棟大樓》，黃郁文著、江蕙如繪《雪地和雪泥》，劉思源著、嚴凱信繪《大熊醫生粉絲團》，蔡聖華著、崔麗君繪《披風送來的禮物》，陳昇群著、康宗仰繪《五毛財神駕到》，林立著、廖書荻繪《兩個衛兵》，劉興欽《動物越野大賽——漫話十二生肖》。

●二十八日，第十三屆林君鴻兒童文學獎獲獎公布，第一名鄒宛臻〈有人要買這隻貓嗎？〉、第二名張竣凱〈櫻桃與桃子〉、第三名賴相儒〈天空中的魚〉。

●王文華著、黃祈嘉圖，《大象亮亮》由小天下出版。

●林世仁著、川貝母圖，《不可思議先生故事集》由親子天下出版。

五月

●十九日，由科技部人文社會科學研究中心、國立台東大學兒童文學研究所、國立台北教育大學兒童英語教育學系共同主辦的「兒童文學的跨界應用」於台北教育大學舉行，透過兒童文學的歷史發展與延伸應用、兒童文學研究現況等專題演講，以及以「繪本」為主題的跨領域應用，專家至現場展出相關書籍並回應與會者的提問和綜合座談共同討論。

●二十七日，文訊雜誌社主辦《月光光》詩刊座談會於紀州庵文學森林舉行，與會座談者：林煥彰、林武憲、陳正治、傅林統、謝鴻文。

●桃園市桃園兒童文學獎揭曉，童話故事組：第一名李光福〈後宮真煩傳〉、第二名曾若怡〈奇奇變聲記〉、第三名陳志和〈不及格土地公〉。

●王文華著、陳虹伃圖，《戲台上的大將軍》由小天下出版。

●花格子著、劉宗銘圖，《香噴噴大道》由四也出版。

●周姚萍著，《詞在有意思1：露馬腳，皇后不能說的祕密！》由五南出版。

●鄭宗弦著、諾維拉圖，《穿越故宮大冒險2：肉形石的召喚》由小天下出版。

六月

●九日，文化部公布第四十一屆金鼎獎得獎名單：圖書類出版獎：兒童及少年圖書獎：劉旭恭《你看看你，把這裡弄得這麼亂！》、張文亮著、蔡兆倫圖《有誰聽到座頭鯨在唱歌》、林滿秋《星空下的奇幻旅程：蜥蜴女孩&羊駝男孩》、邱承宗《地面地下：四季昆蟲微觀圖記》。優良出版品推薦，雜誌類兒童及少年類：《幼獅少年》、《康軒學習雜誌學前版》、《小典藏artcokids兒童藝術與人文雜誌》。圖書類：劉清彥著、鍾易真圖《小番茄的滋味》、劉伯樂《台灣山林野趣》、周見信《小松鼠與老榕樹》、陳郁如《仙靈傳奇1：詩魂》、幼獅文化事業股份有限公司《漫畫與文學的火花》。

●十三至八月十三日，國家圖書館推出「動物的世界——林良先生手稿插畫展」，展出四十八件與動物相關的手稿和插畫。

●十四日，國家圖書館地下一樓由全球最大童書出版社SCHOLASTIC，開設全球第二間The SCHOLASTIC書店（第一間SCHOLASTIC書店位於美國紐約市），這是該童書出版社首次嘗試在圖書館內開設書店。

●二十三至七月十六日，「我的童書大冒險：親子天下動手玩故事展」於Citylink松山店三樓展演廳舉行。共邀請十二位童書創作者參與，將故事產製工廠立體化。展覽有賴馬、陳致元、唐唐、王淑芬、王文華、哲也、童嘉、崔永嬿、黃郁欽、陶樂蒂、林小杯、水腦等十二位風格各不相同的創作者。現場除了展出作家手稿與作品，更結合數位互動科技，將童書創作的歷程立體化、遊戲化，告訴孩子們童書從創作到分享的樂趣。

●哲也著、水腦圖，《小熊兄妹的點子屋2：不能說的三句話》由親子天下出版。

●施養慧著、余麗婷等圖，《不出聲的悄悄話》由國語日報出版。

●孫成傑著、熊育賢圖，《動物溫泉》由小康軒出版。

●賴曉珍著、尤淑瑜圖，《好品格童話1：壞脾氣的星星》由小天下出版。

●賴曉珍著、吳欣芷圖，《好品格童話2：孔雀先生的祕密》由小天下出版。

七月

●一至二十三日，圖畫書俱樂部成立第二十一年的手製繪本展，在花栗鼠繪本館展出。

●一至三十一日，新竹周逸芬編輯驛站展出「葉安德的寓言世界」，有葉安德的圖畫書《左右》、《三隻熊》、《小綿羊奧利佛》、《誰偷了便當》、《我和我的腳踏車》、《山上的水》、《彈琴給你聽》等。

●四至六日，國立台東大學兒童文學研究所舉辦「夏日學校」，課程有黃雅淳「中國傳統鬼故事重寫與改寫」、游珮芸「解讀宮崎駿的動畫密碼」、葛容均「幻想文學的另張面孔」等八堂課。

●七至八日，國立台東大學兒童文學研究所舉辦兩岸兒少小說作家李潼與曹文軒研究論壇，並有六篇論文發表。七日「李潼研究論壇」主持人為東海大學中國文學系教授許建崑，與談人為：兒童文學作家王洛夫、李潼長子賴以誠、台東大學兒童文學研究所所長游珮芸，剖析李潼作品及其對台灣兒童文學發展的影響與意義。八日，「曹文軒研究論壇」主持人為台東大學兒童文學研究所副教授黃雅淳，與談人為：華梵大學傳播學程兼任助理教授周惠玲、虎尾科技大學通識教育中心兼任講師謝鴻文、台東大學兒童文學研究所博士生孫莉莉，分別從教學、出版、翻譯等角度看港台兒少小說發展現況。論文發表有：許芳慈〈青少兒小說的混血新型態：以修煉系列為例〉、翁小珉〈理失求諸野：解讀作為一則文化寓言的小說《少年噶瑪蘭》〉、盧燕萍〈傾斜的華文兒少小說觀──以當代武俠小說為例〉、蔡宜容〈兒童／文學，分手快樂？──從《杜子春》、《我的媽媽是精靈》看「兒童本位論」的挑戰與限制」〉、蕭智帆〈建構台灣的外延想像：連明偉《番茄街游擊戰》的兒少視角與跨國書寫〉、邱惠璇〈試論《長跑少年》與《打發時間圖書館》的死亡書寫與自我療救〉、潘金英〈華文兒少小說在香港的教學與推廣運用〉、王睿〈躁動的島嶼：出版傳播視域下的華語兒童文學〉、潘明珠〈華文少年小說翻譯及文化傳遞之推力與拉力〉。

●七至九月二十九日，「潼心未泯──李潼手稿及創作展」於台東大學圖書資訊館四樓展出。

●十七日，一〇六年教育部文藝創作獎得獎名單公告，教師組童話項共六名：優選許姿閔〈便利之門〉、蕭維欣〈完美機器人〉，佳作蔡鳳秋〈瀚貝克的冒險〉、陳昇群〈算盤法拉利〉、李治娟〈三隻大野狼的真實故事〉、張耀仁〈消失的歡樂〉。

●二十一日，「我們為什麼愛上童話──從〈小紅帽〉到〈美女與野獸〉，探索《童話的魅力》」於誠品敦南店視聽室舉行，由劉鳳芯、譯者王翎主講。《童話的魅力》在一九七〇年代出版，作者奧地利裔美國兒童心理學家貝特罕，從精神分析角度，解讀童話蘊含著複雜的情感和象徵意義。

●二十五至十月十五日，《小房子裡的阿迪和朱莉》陳致元原畫及主題書展，於高雄市立圖書館國際繪本中心展出。七月三十日，《與陳致元的繪本相遇》講座由蒲公英故事閱讀推廣協會總幹事王怡鳳與陳致元擔任講師。

●二十九至八月一日，由宜蘭縣政府文化局主辦、小魯文化承辦「蘭陽繪本創作營」四天三夜培訓課程。邀請繪本作家暨絹印藝術家葛瑞格・皮佐利，談論個人創作契機與歷程，介紹以「絹印」及手工書製作繪本的特殊技巧。以及獲得文化部藝術新秀補助陳瑞秋分享進行異國文化繪本素材的觀察與蒐集，與跨國出版合作的創作經驗。

●七月出刊《文訊》第三八一期，專題「月光光照詩華」。

●林哲璋著、BO2圖，《屁屁超人外傳：直升機神犬2校長的「毛」病》由親子天下出版。

●林哲璋著、BO2圖，《不偷懶小學4：忍不住大師》由小天下出版。

八月

●五至九月十日，由國立台灣圖書館、日本安曇野知弘美術館、台東大學主辦，於雙和藝廊展出「圖像敘事的藝術：日本繪本演進史」特展。以日本安曇野知弘美術館之館藏為主，展出早期繪卷、袖珍繪本、繪本雜誌，以及長新太、荒井良二、赤羽末吉、西村繁男、阿部弘士等繪本插畫。

●五日，小步Biblio繪本館講座「台灣原創繪本發展史系列」由陳玉金主講，「埋下繪本的種子：肩負使命的政府出版品」，其餘為八月十二日「百花齊放的年代：民間出版的多元風貌」、九月九日「培育新生代的幕後推手：兒童文學經典獎項」、九月十六日「想畫就畫就能畫：樂在創作的新生力量」。

●八日，第二十五屆「九歌現代少兒文學獎」舉行贈獎典禮，首獎得主李明珊《飛鞋》、評審獎得主薩芙（范芸萍）《巴洛・瓦旦》兩本書現場同步發表。推薦獎得主董少尹《網球少年》，榮譽獎：李光福《舞街少年》、劉美瑤《撒野的憤怒馬桶》。

●由中華民國兒童文學學會主辦「兒童文學創作苗圃」為培育兒童文學創作人才，自八月至十一月，共以兩項各四堂課程：「讓孩子從經典故事抓寶」、「深入認識插畫與繪本」，分別由李明足與陳玉金擔任講師。

●十二至十一月五日，位在桃園市平鎮區的小兔子書坊主辦「二〇一七年台灣原創繪本系列講座」：八月十二日，高雄蒲公英閱讀推廣協會王怡鳳「原創繪本的多元樣貌」、八月十三日，童嘉「童嘉的想像世界」、八月三十日，張又然「新書分享會：藍色小洋裝」、九月二日，陶樂蒂「新書分享會：我要勇敢」、九月十六日，吳在媖「繪本文字創作的密碼：阿嬷的碗公」、十月二十一日，巴巴文化貓小小「台灣原創出版社的大小事」、十月二十二日，凱風卡瑪陳培瑜「台灣童書市場的金三角——讀者，書店與出版社」、十一月五日，陳玉金「台灣圖畫書的歷史與趨勢」等。

● 十八至九月三日，舊香居所屬的藝空間展出「童話的藝術：二十世紀初英文繪本插圖展」。

● 十九日，中華民國兒童文學學會舉辦「資深兒童文學作（畫）家：桂文亞、馮輝岳、趙國宗、曹俊彥作品研討會」，專題演講：兒童文學學者洪文瓊主講「管窺趙國宗、曹俊彥兩位大家的童書插畫」、靜宜大學通識教育中心兼任助理教授邱各容主講「從史料觀點看桂文亞和馮輝岳在台灣兒童文學的歷史定位」。論文發表：陳玉金〈趙國宗圖畫書插畫研究〉、陳宜政〈詩畫、畫詩——論曹俊彥、楊喚童詩畫〉、劉隸陵〈桂文亞兒童散文類型探討——以《思想貓》、《班長下台》、《感覺的盒子》為例〉、盧燕萍〈「橫崗背」上的童年版圖——談馮輝岳作品的文化景深〉。綜合座談：邱各容〈馮輝岳的詩歌世界〉、李明足〈她，以散文筆調說故事〉、王金選〈充滿「純真．童趣．歡樂．詩情」的藝術花園——趙國宗老師繪畫作品賞析〉、曹益欣〈圖畫作家的練武場——從曹俊彥的「嘟嘟嘟」漫畫說起〉。

● 文化部辦理「第三十九次中小學生優良課外讀物推介評選活動」，共計二二〇家出版社報名參加，三千多種書籍和雜誌，選出六七六種書單，包含童話《大熊醫生粉絲團》等供學校與家長選書參考。

● 謝鴻文著、徐建國圖，《不一樣的維他命》由幼獅文化出版。

● 賴曉珍著、右耳圖，《好品格童話3：偷影子的小精靈》由小天下出版。

●賴曉珍著、楊宛靜圖，《好品格童話4：狐狸奶奶的魔法餅乾》由小天下出版。

九月

●一日，第七屆新北市文學獎得獎名單公布，兒童文學組童話故事類得獎者：第一名王昭偉〈只，要幸福〉，第二名孫慕恩〈不想要刺的刺蝟〉，第三名張英珉〈海洋翻譯機〉，佳作：汪丞翎〈血桐小葉〉、劉玉玲〈嘩啦村奇遇記〉、大李歐〈女孩的泰迪熊〉。

●五日，二〇一七年上半年度，第七十二梯次「好書大家讀」優良少年兒童讀物評選活動結果揭曉，共計選出單冊圖書一九四冊、套書三套二十二冊。王淑芬主編《九歌一〇五年童話選》獲得入選。

●第六屆台中文學獎公布，童話類：第一名卓奕伶〈達爾文蒼蠅〉，第二名甘草〈不凋花〉，第三名陳佩萱〈宅神地基主的願望〉，佳作：陳維鸚〈尋找故事國的布布〉、蛋然處之〈波波與小黑的大冒險〉、雨言〈聆聽花開的聲音〉。

●由鄒駿昇繪圖，與 Big Picture Press 合作的《最高的山．最深的海：世界自然奇觀》由小魯文化出版中文版。

●留德畫家張蓓瑜以德文完成首部童書繪本創作《班雅明先生的神祕行李箱》，獲得二〇一七年美國 3×3 國際插畫大獎（繪本項目）銀牌、布拉迪斯國際插畫雙年展入選，以及「德國最美麗的書」獎入選，中文版由三民書局出版。

●《新一代兒童週報》於九月創刊。
●林世仁著、森本美術文化圖，《妖怪小學3：相反咒語》由親子天下出版。
●蕭逸清著、陳佳蕙圖，《神探噴射雞3：腳書大魔法》由小天下出版。

十月

●七日，海峽兩岸兒童文學研究會於台北「九十三巷人文空間」為林良舉行九十四歲生日宴會。
●十四日，中華民國兒童文學學會在台北市陸軍聯誼廳舉行兒文忘年薪傳宴。出席的前輩有：林良、藍祥雲、趙國宗、鄭雪玫、劉興欽、曹俊彥、洪文瓊、黃春明伉儷、林武憲、陳正治、洪中周、張湘君、黃郁文、林順源、趙天儀、陳木城、胡鍊輝、宋勤盛、邱各容等，以及中生代林世仁、王金選等兒童文學作家。
●十五日，林鍾隆兒童文學推廣工作室和位在楊梅的方圓書房舉行講座，為紀念逝世九周年的兒童文學作家林鍾隆，由謝鴻文導讀林鍾隆的《山中的悄悄話》。
●十八至十一月十七日，「圖像敘事的藝術：日本繪本演進史特展」台東場在國立台東大學圖書資訊館展出。專題演講與座談，十一月十日由兒童讀物收藏家蘇懿禎主講「古早古早的日本囡仔都在看什麼書：大正昭和時期的繪本雜誌」，十一月十七日由日本安曇野知弘美術館副館長竹迫祐子主講「安曇野知弘美術館物語」、日本安曇野知弘美術館策展人松方路子主講「如何企劃一個有魅力的繪本原畫展」。

●二十至十一月八日，小步 Biblio 繪本館展出「恐嚇兒童兩百年：我們是怎麼被嚇大的」童書展，包含德國經典童書《披頭散髮的彼得》以及《馬克思與莫里斯》等。

●二十八日起，改編自陳致元的繪本《GujiGuji》，也是二〇一五年國際童書大獎「小飛俠獎」的得獎作品，在信誼基金會、文化部、紐約台北文化中心等機構的支持贊助下，由瑞典大道劇團兒童音樂劇在紐約、華盛頓連續演出五場。

●二〇一七年桃園鍾肇政文學獎邁入第三年，兒童文學類：正獎／陳正恩〈汗水 50cc 的故事〉、副獎／王怡祺〈海邊琴師〉、周俊男〈唬姑婆的故事〉。

●花格子著、李若昕圖，《火蟻 5497》由台灣東方出版。

●岑澎維著、BO2 圖，《小壁虎頑皮1：天外飛來的小壁虎》由親子天下出版。

●岑澎維著、BO2 圖，《小壁虎頑皮2：翻天覆地的小壁虎》由親子天下出版。

●傅林統著、劉彤渲圖，《變！變！變！動物國》由九歌出版。

十一月

●四日，國家文藝獎得主、作家鄭清文於中午過世，享壽八十五歲。鄭清文曾為兒童寫作《燕心果》、《天燈．母親》、《採桃記》等童話。

●十一日，桃園市土地公文化館舉行「聽。說土地公系列五：文化館民俗故事閱讀講座」，由林鍾隆兒童文學推廣工作室成員林惠珍談：從兒童文學作品中導讀探索民俗文化。

●十五至十二月六日，桃園市政府家庭教育中心舉行一〇六年度「繪本與閱讀研習」，十一月十五日由吳俊輝主講「有效的親子共讀技巧」、十一月十二日由謝鴻文主講「兒童文學作品閱讀看見的三個價值：愛、尊重與平等」、十一月二十九日由林培齡主講「繪本中的生命功課——賞析、活動、心體驗」、十二月六日由黃淑芬主講「同樂『繪』、繪很『樂』、繪有『趣』」。

●二十六日，國立台灣文學館齊東詩舍閱讀沙龍活動，由繪本評論家賴嘉綾主持，活動與談人有來自德國的歐雅碧（Lucia Obi）女士，介紹一九四九年創建，館藏超過六十萬冊、一〇三種語言的德國國際青少年圖書館，以及台灣第一位入選義大利波隆納國際插畫展非文學類及二〇一七年白烏鴉大獎得主邱承宗、台灣大學圖書資訊學系暨研究所教授陳書梅、雲林科技大學應用外語系教授黃惠玲、小魯文化執行長沙永玲等。

●二十六日，高雄灰灰基地美術館邀請日本繪本畫家伊勢英子分享創作，並欣賞其紀錄片「生命的形式」。「伊勢英子繪本原畫展」自十一日起，展至二〇一八年二月二日。

●一〇六年度國立台灣文學館「文學好書推廣專案」獲選書單公布，本期共計一七三件文學好書提出申請，經評審委員初審、複審、決選，共選出七十五件出版品，包含林哲璋的《寵物功夫學校》，將進行購書寄送到國內偏鄉學校、圖書館及弱勢團體等單位作為文學推廣之用。

●第十六屆「國語日報兒童文學牧笛獎」公布得獎者，共收到來自世界各地的一百四十一件作品，台灣九十五件，中國三十九件。獲獎前三名都由中國作家包辦，首獎得主為于景俠的〈機器人保母丁吉〉及第二名王林柏的〈搬運師〉，兩人是夫妻檔。第三名是由程景春的〈八斤寶〉獲得。佳作三名則全是台灣作家作品，分別是黃馨慧〈火車上的美麗〉、陳秋玉〈海邊的提琴手〉、李明珊〈小粉絲6-12號〉。

●賴曉珍著、鄭淑芬圖，《門神寶貝》由小天下出版。

●謝武彰著、趙國宗圖，《天空的衣服》由小魯文化出版。

十二月

●二日，由國家圖書館主辦的「二〇一六台灣閱讀節」，在大安森林公園舉行，「閱讀趴趴走」，包含森林小旅行親子活動和「跟著大樹森呼吸」生態導覽，以及森林、草地讀書會、閱讀一〇一、親子創意閱讀空間競賽、閱讀幸福大遊行、森林故事村等。

●十六日，第十六屆「國語日報兒童文學牧笛獎」舉行頒獎典禮，並出版得獎作品集《機器人保母》。

●十七日，台北「九十三巷人文空間」劉鳳芯講座「獎獎凱迪克：講講近年得獎圖畫書」。

●二〇一七Openbook最佳童書舉行第一屆評選活動，選出二〇一七年度內（十月前出版），最值得推薦給一般兒童（三到十二歲）及青少年（十三到十七歲）閱讀的好書。進入決選共五十三本（童書四十本、青少年圖書十三本）。獲選十本書單皆為繪本或知識類讀物，台灣原創有：幾米《同一個月亮》、張蓓瑜《班雅明先生的神祕行李箱》、張文亮著與顏寧儀圖《用心點亮世界：影響人類百年文明的視障者》。

● 蘇善著、Miss Bowl 圖，《好野人》由也是文創公司出版。

九歌童話選 15

九歌106年童話選之海洋攪一攪湯

Collected Fairy Stories 2017

主編　亞平、徐弘軒、陳品禎、蔡銘恩

插畫　李月玲、劉彤渲

執行編輯　鍾欣純

創辦人　蔡文甫

發行人　蔡澤玉

出版發行　九歌出版社有限公司
台北市105八德路3段12巷57弄40號
電話／02-25776564・傳真／02-25789205
郵政劃撥／0112295-1

九歌文學網　www.chiuko.com.tw

印刷　晨捷印製股份有限公司

法律顧問　龍躍天律師・蕭雄淋律師・董安丹律師

初版　2018年3月

定價　**260元**

書號　0172015

ISBN　978-986-450-179-3

（缺頁、破損或裝訂錯誤，請寄回本公司更換）

本書榮獲 台北市文化局 Department of Cultural Affairs Taipei City Government 贊助

國家圖書館出版品預行編目資料

九歌106年童話選之海洋攪一攪湯 / 亞平主編 ; 李月玲, 劉彤渲圖. -- 初版. -- 台北市 : 九歌, 2018.03

面 ;　公分. -- (九歌童話選 ; 15)

ISBN 978-986-450-179-3(平裝)

859.6　　107002206